Presented by
Kaho Matsuyuki
with
Ryou Mizukane

狐の婿取り

―神様玉手箱―

CROSS NOVELS

松幸かほ

NOVEL:Kaho Matsuyuki

みずかねりょう

ILLUST:Ryou Mizukane

CROSS NOVELS

香坂涼聖《こうさかりょうせい》
診療所の医師。琥珀と陽と共に暮らす、かなり幸せな男。琥珀とイチャイチャする時間が減ったのが悩みの種。
陽《はる》
ちび狐。妖力を持って生まれたため、琥珀に預けられることに。食べることが大好きな育ち盛り❤
琥珀《こはく》
かつて八本の尻尾を持っていた神社の神様。涼聖の愛の力により、最近四本目の尻尾が生えてきた。ツンデレである。
Characters
Kaho Matsuyuki presents

伽羅

きゃら

間狐。幼い頃に琥珀と出会い、心酔。彼を追って香坂家に転がり込む。最近は多少空気を読むように。

橡&淡雪

つるばみ&あわゆき

烏天狗の長。五年を経て、ようやく孵った弟・淡雪の子守で心が折れそうになることも……。

倉橋

くらはし

涼聖の先輩医師。元は東京の病院勤務だったが、期間限定で地方の救命医療をサポート中。淡雪に気に入られている。

千歳

ちとせ

涼聖の甥っ子で小学校二年生。急搬送の回数が二桁台の病弱っ子だったが、龍神と契約して以来、徐々に回復中。

CONTENTS

CROSS NOVELS

烏天狗、恋のあけぼの
9

陽ちゃんのランドセル
113

神々の宴
177

あとがき
232

CONTENTS

烏天狗、
恋のあけぼの
CROSS NOVELS

1

「千歳《ちとせ》、忘れ物はないか？」

涼聖《りょうせい》が声をかけると、千歳はまとめた荷物を見て頷《うなず》く。

「うん、だいじょうぶ」

「じゃあ、行くか。琥珀《こはく》と陽《はる》も準備はできてるな？」

涼聖はそう言って、琥珀と陽を見る。

琥珀はいつも通りに頷いて返したが、陽は涙目だ。

春休み前から香坂《こうさか》家に滞在していた千歳は、今日、家に帰る。

――昨日はめちゃくちゃ笑顔だったのになぁ……。

千歳が今日帰ることは少し前から決まっていて、そのことは陽も知っていた。

昨日の千歳の八歳の誕生日をみんなで祝った時も、何度か「千歳が明日帰る」という話題が出ていたがにこにこ笑顔だったのだ。

しかし、今日になって、千歳が帰ってしまうことをリアルに感じたのか、朝食の時からさめざめしはじめた。

「陽も、準備はできているな？」

琥珀がそっと陽の顔を覗き込みながら問う。

陽の肩に乗っていたシロは、

「はるどの。そうかなしまれずとも、ちとせどのはまたおいでになります」

そう助言し、陽は頷いた。

「……うん」

「じゃあ、行こう」

涼聖は言って、千歳が持ち帰るカバンを手に持つと、玄関へと向かう。

千歳はシロに視線を向けると、

「シロちゃん、また、くるね」

そう言いながら指先をシロの前に出す。

「おまちしております」

シロは笑顔で言って、出された指先に拳を押し当てる。

「はるちゃん、いっしょに行こ」

千歳は声をかけて、陽と手を繋ぐ。

千歳の優しさと、しばらく会えない切なさで、陽は目から涙を決壊させそうになる。それをもう片方の手でぐいっと拭うと、千歳と一緒に玄関へと向かう。

その様子を琥珀は微笑みながら見守った。

玄関にはすでに伽羅《きゃら》が待機していて、

「千歳くん、またいつでも来てくださいね」

笑顔で声をかける。

「はい。きゃらさん、ご飯とかおやつとか、いろいろありがとうございました」

「どういたしまして」

伽羅はそう言うと「荷物、先に車に入れますねー」と、涼聖から千歳の荷物を受け取り、車へと運び入れていく。

千歳と陽が並んで上がりかまちに座り、靴を履いていると、居間のほうから玄関へと小走りに向かう足音が聞こえてきた。

「間にあったか」

ややほっとした声で言ったのは龍神《りゅうじん》だった。

「りゅうじん様」

「ようやく起きたのかよ」

千歳が呟くように言い、涼聖は呆れたように言う。

「うむ。昨夜は少し酒が過ぎたようだ」

「千歳の誕生日にかこつけて、ぜんぶ終わってからまだ一人で晩酌してたからだろうが」

昨日の千歳の誕生パーティーは夕食でお開きになったのだが、その後も龍神は「めでたい酒はいくら飲んでもいいものだ」と、よく分からない理由を告げ、一人で飲み続けていた。

龍神は日常的に飲むわけではないが、酒が好きだ。そして強い。

新聞や雑誌などで「地酒プレゼント」などといったものが掲載されていれば、涼聖の名前で必ず応募し、かなりの確率で当選している。

だが、涼聖はその当選に多少神様業界の裏事情があるんじゃないかと思ったりもしている。

口にはしないが。

「実に昨夜の酒は美味かった」

龍神は満足げに言ったあと、千歳を見た。

「おまえの守りは万全だ。ゆえに憂うことは何もないが、気をつけて帰れ」

「はい」

千歳が返事をすると、龍神は千歳の頭を軽く撫《な》でた。

「挨拶は、もうそれでいいのか？　伝え損ねたことはないか？」

涼聖が龍神に問う。

「いや、ない。すべては既に千歳に伝えてある」

「じゃあ、行こう」

涼聖は千歳を促す。

陽の肩の上にいたシロは、ぴょんっと飛び跳ねて龍神の着物のたもとに摑まると、そのまま器用にするすると登って、龍神の肩に座り直した。

「ちとせどの、またおあいするのを、たのしみにまっています。おげんきで」

シロがそう言って手を振ってくるのに、千歳は頷いて手を振り返し、もう片方の手を陽と繫ぐと、外に出た。

涼聖の車は、まず診療所に向かった。

そこで琥珀と陽を降ろし、駅までは涼聖と千歳だけで向かうことになっていたのだが、診療所に車がついた時、陽は涙が完全決壊状態だった。

診療カバンを下ろしたり、ここまでは陽のチャイルドシートのある後部座席に座っていた千歳も、助手席に座り直すために車から降りていたのだが、泣いている陽にどうしていいか分からない様子だった。

「陽、駅まで一緒に行くか？」

琥珀と陽は診療所で待っている、というのは前からの約束だった。だが、あまりに泣いているので涼聖はつい譲歩して聞いてしまう。

だが、陽は頭を横に振り、

「……えきっ…まで、いっ…たら、おうちっ…で、つい…て…っく、なっちゃ…か、ら」

声を詰まらせながら、告げる。

「はるちゃん……」

何か言おうとした千歳に、陽は涙を拭うと、

「まってる、から…、あそ…び…きて」

夏の約束を、確認するように言う。

「うん、ぜったいにくる。また、いっしょにあそぼうね」

千歳が言うと、陽は頷く。その時、

「若先生、今日、甥《おい》っ子さん、帰りなさるんじゃろ？」

近所の住民である永井《ながい》という老女が外に出てきて声をかけた。

「ああ、おはようございます。これから駅へ送って行くところです」

涼聖が答えると、永井はにこにこしながら小ぶりなスーパーの袋を千歳に差し出した。

「電車で帰るのに、時間かかるんじゃろう？　途中でおなか空くかもしれんからねぇ。持っていったらええよ」

その袋の中にはいろいろなお菓子がたくさん入っていた。

「え…あの」

千歳はどうしていいか分からなかったが、

「すみません。千歳、よかったな」

涼聖は暗に「受け取っておけ」と告げる。その言葉に千歳は素直に受け取り、

「ありがとうございます」

礼を言ってぺこりと頭を下げる。

永井は目を細めたあと、もう一つの袋を陽に差し出した。

「はい、陽ちゃんにも」

「ボクにも？　おばあちゃん、ありがとう！」

まだ涙の余韻を残しながらも、陽は笑顔で礼を言う。

「いつもかたじけない」

琥珀も礼を言うと、永井は「ええんよ」と笑いながら、家へと帰って行く。

「ここの人たちは、みんなやさしい人ばっかりだね」

千歳が受け取った袋を大事そうに持ちながら言う。

「そりゃ、千歳と陽がいい子だからだ」

涼聖は千歳と陽の頭を撫でてから、

「さあ、そろそろ出ないと電車に遅れるな。千歳、乗って。琥珀、陽、留守番頼んだぞ」

そう言って、名残惜しそうな陽と千歳を促す。

覚悟はできている二人なので、千歳は素直に助手席へ座り直し、陽はごねることもなく琥珀と一緒に見送る。

見送る二人に手を振って、千歳は涼聖と一緒に車で駅へと向かった。

「ここにきたとき、家に帰れるって思ってなかった」

道中、千歳は呟くように言った。

「どうしてだ？」

「……今はちがうって分かってるけど、ぼくがいないほうがお父さんもお母さんもうれしいんじゃないかなって思ってたから。りょうおじさんのところにずっといてもいいよって、言われるかもって思ってた」

千歳くらいの年齢の子供が考えるには重すぎる話だ。

だが、千歳が今まで抱えてきた不安を思えば、無理もないのかもしれない。

「俺は、千歳がずっといてくれても全然かまわないんだけどな。陽も喜ぶし。でも、兄貴のあの電話の様子だと、兄貴のほうがおまえの不在に我慢できなさそうだ」

涼聖が言うと、千歳は笑った。

涼聖の兄であり、千歳の父である聖史《さとふみ》は今朝も電話をしてきて「本当に今日、千歳を帰すんだろうな」と念押ししてきた。

その聖史の背後では、千歳の弟妹たちが「ににー」「おにーちゃぁぁぁん」とすごい勢いで呼びかけていて、なかなかのカオスだった。

そうこうするうちに、車は、千歳がここに来た時に気持ちが悪くなってしまった場所あたりに差しかかった。

それを思い出した涼聖は、

「車酔いはしてないか?」

千歳の様子を窺《うかが》いながら聞いた。

だが、涼聖の問いに千歳は不思議そうに首を傾げた。

「うん……。どうして?」

その返事に涼聖は、戸惑ったが、あれは一時的なものだったのかなと思い直す。

千歳の年齢で、一人でやってくるには遠すぎる距離だし、道中も不安だっただろう。涼聖のことも幼い頃の記憶でしかなかっただろうし、精神的な不安定さや、疲れから来る一時的な車酔いの症状で忘れてしまったのかもしれないと思う。

「いや、来る時にこの辺で気持ち悪くなってたからな。車酔いする体質なのかと思って聞いただけだ」

涼聖が返すと、千歳は何か思い出した様子を見せた。

「あ……。うん」

そう言って、少し考えるような顔をしてから、決断したように口を開いた。

「あれは、くるまよいじゃないよ。……くるまのまどとか、フロントガラスとかに、ものすごくきもちわるいものが貼りついてて、中をのぞいてたから……それで、こわくて、そのうち本当にきもちがわるくなっちゃっただけ」

「え……そんなことになってたのか？」

思いもしなかった返事に涼聖は目を見開く。

――車、ちょっと停めて降りるか？　外の空気を吸ったら……――

――だいじょうぶ！　……はやく、おうちへ行きたい――

そんなやりとりをしたのを覚えている。

確かにその状況で車を降りるなど、したくはなかっただろう。

「ずっとついてきちゃうのかなって思ったけど、とちゅうで急にいなくなった」

「今は、大丈夫なのか？　我慢したりしてないか？」

霊的にはまったくの不感症である涼聖は、大人しい千歳が我慢をしているのではないかと不安になった。

しかし、千歳は頷いた。

「だいじょうぶ。きもちわるいのは、いるかもしれないけど、みえないし、なにもかんじない。りゅうじん様がまもってくれてるからだと思う」

その返事に涼聖はほっとする。

「一応、龍神も力あるんだなぁ」

涼聖にとって龍神は、好みの食べ物や酒が出てくる時以外は、大体金魚鉢のなかで寝ているだけのイメージで、神様感がものすごく薄い。

もちろん、琥珀の命を奪いかけたり、伽羅に深手を負わせたり、いろいろとした過去はあるのだが、最近の龍神のイメージのほうが強かった。

「りゅうじん様は、こわがらずに学校に行きなさいって」

「そうか。でも、無理はするな。気持ちが楽になって、少しずつ体調も良くなってくるとは思うけど、無理は禁物だ。少しでも体の具合がおかしいと思ったら休め」

過保護だと言われるかもしれないが、千歳の場合、普通はちょっとした風邪ですむはずのところが肺炎になる可能性がある。

最大要因だった「視《み》えない者」からのちょっかいがなくなって、体調は上向くだろうが、それでも急に人並みの健康になるわけではない。

「うん。少しずつがんばる」

千歳もそれは自覚しているのか、頷きながら返してきた。

「そう。何事も少しずつ、だ。千歳ならすぐにみんなと同じようになれる」

涼聖が言うと、千歳は静かに笑みを浮かべて、また頷いた。

◇◆◇

千歳が帰って数日。

何日かは元気がなかった陽だが、孝太《こうた》と「夏休みに千歳が来たらすること計画」を立てるうちに、あっという間に元通り、元気印になった。

「じゃあ、いってきまーす！」

診療所で昼食を終えると、陽はいつも通り元気に飛び出していく。

それを見送ってから、涼聖も往診に出かけた。

「顔色もいいし、心臓も肺も問題ないですね」

往診先は、涼聖がこちらに来る少し前に脳梗塞を起こして左半身に麻痺《まひ》が残った松島《まつしま》という患者の家だ。老夫婦二人住まいで、車の運転免許を持っていた夫が脳梗塞を起こしてしまい、日常的な通院が難しい。

そのため涼聖が定期的に往診に来ているのだが予後には問題ない様子だ。

とはいえ、脳梗塞は繰り返し起こすことが多いため、油断はできない。

「そろそろ、定期健診の時期だと思うんですけど、予約はいつ？」

街の総合病院でＭＲＩなどを含めた検診の必要があるのだ。

「再来週、倉橋《くらはし》先生が出勤の時に乗せていってくださると言うことで……」

夫人がカレンダーに目をやると、ちゃんと予定が記入されていた。

「ああ、倉橋先生が。それなら安心ですね」

街の総合病院までの移動手段は、各家庭の車か、一日に数本のコミュニティーバス、またはタクシーということになる。

この家からコミュニティーバスの乗り場までが遠いため、どうしてもタクシーを使うことになるのだが、往復となるとなかなかの金額だ。

そのため、片道だけでも誰かが乗せていってくれるのはありがたいのだ。

「若先生が、気にかけていろいろと倉橋先生にも言うてくれとられるおかげじゃわ」

確かに、それがないとは言わない。

倉橋とは、総合病院へ定期的に通わなくてはならない集落の患者について情報交換をしている。

だが、それで知っている、というのと、気にかけて行動するというのとは、まったく違う。

「倉橋先生は昔からいろんなことに気がつく素晴らしい先生ですから。見習わなきゃならないところがいっぱいです」

大学時代からそうだった。

繊細そうな見た目に反して、ラスボス並の体力と鋼鉄のメンタルを有しているとよく話題になったものだ。

その倉橋が、亡くした患者のことで思い悩み、ここに来た時の様子は忘れられない。

だが、今はそれさえも糧にし、以前にもまして医師として尊敬すべき存在である。

「仕方ないとはいえ、車がないのは、不便やなぁ」

松島が呟くように言う。

四十年近く車に乗ってきて、病のために免許を返納した。

そのことも寂しいようだ。

「以前はドライブにもよく行かれたんですか？」

涼聖が聞くと松島は頷いた。

「若い頃は特にな。その頃は街まで行くのに、今の道と違て旧道でな」

「おじいさんは夏になったら肝試しじゃ、て夜中にお友達とよう出かけて」

「肝試し、ですか……？　何か、そういった謂《いわ》れが？」

涼聖は問いながら、千歳が話していた「気持ち悪いもの」がいたという話を思い出していた。

肝試しというからには、由来となる出来事があるはずだ。その出来事のせいで生み出されたものが千歳の言う「気持ち悪いもの」と合致しているかもしれないと思えた。

「旧道は、今の道沿いのもう少し上にあったんじゃけどね」

夫人が話しだした。

当時は旧道周辺に小さな集落が二つあり、それらの集落の生活道という形で作られたらしいのだが、トンネル作業の時に崩落事故が起き、亡くなった人が多く出た。

そのトンネルというのは、今の道にもあるトンネルとそう遠くない場所にあるらしく、位置関係を考えると千歳が異変を感じた場所と大体合う。

「夜中の二時にトンネルを通ると幽霊が車に乗ってくる、なんて誰が言い出したのか……」

夫人は苦笑した。

「今も、その道はあるんですか？」

「あるじゃろとは思うが……道沿いにあった集落も今は誰もおらんし、トンネルは柵をされて入れんようになっとるから、誰もその道を使わん。もう獣道にでもなっとるんじゃないか」

松島はそう言った後、涼聖を見て、

「若先生、夏に陽ちゃん連れて、肝試しに行くかい？」

笑いながら続けた。

「陽なら幽霊とでも友達になりそうですけれどね」

涼聖が返すと、松島と夫人は、「本当になぁ」と笑いあった。


往診を終えた涼聖が診療所に帰ってくると、倉橋が来ていた。

「あ、りょうせいさん、おかえりなさい！」

奥の部屋で倉橋にリバーシで遊んでもらっていた陽が、元気に迎えの言葉を言う。

「ただいま。先輩、今日は非番だったんですか？」

涼聖の問いかけに、倉橋が答えるより早く、

「あのね、はしのとこであそんでたら、くらはしせんせいがかえってきたの。それでね、りょうせいさんにあいにいくから、しんりょうじょへかえるなら、おくるまで、おくるよっていってくれたの」

陽が嬉しそうに報告する。

「チャイルドシートがないから、本当はダメだと分かっていたんだがな」

ちょっとそこまでだから、いいかと思って――と油断をした時に事故を起こし、大怪我をして運ばれてくる子供を、涼聖も倉橋も何十人と見てきた。

そのため、基本的に二人ともチャイルドシートのない車に子供を乗せることはしない。

ただ、集落の道は車も滅多に通らないし、速度を出すような道でもないので、倉橋は許容範囲と見なしたのだろう。

多分、涼聖でもそうしたと思う。

だが「チャイルドシートとシートベルトは大事」だと教え込まれている陽は、

「でもね、ちゃんとおとなのひとみたいに、シートベルトしたよ！」

と元気に告げる。

「そうか、えらいなー、陽は」

涼聖がそう言って頭を撫でると、陽は笑う。

「それでね、りょうせいさんがかえってくるまで、リバーシしてたの」

その説明で流れはすべて把握できた。

「陽くんはまたリバーシの腕を上げたね。隅二つだとそろそろ負けてしまいそうだ」

倉橋が笑って言う。

リバーシはもちろんハンデ戦で、最初から陽は四隅のうち、好きな箇所に自分のコマを置くことができる。

最初はすべての隅にコマを置かせるところから始めたのだが、腕を上げてそれが二つになり、間もなく一つにしてもいいだろう。

「家でも伽羅相手に頑張ってるもんな」

涼聖は言い、腰を下ろした。

「往診はどうだった？」

涼聖が落ち着いたのを見やって、倉橋が問う。

「今日は、早見《はやみ》さんと松島さんのところでしたが、どちらも問題はありません。松島さんが、今度、先輩の通勤の時に病院へ一緒に連れていってくれるんだって喜んでましたよ」

涼聖が言うと、倉橋は頷いた。

「勤務先に行くんだから、ついでだよ」

「でも、松島さんが行く時間にシフト調整したんでしょう？」

「それくらい、どうってこともないだろう。おまえでもそうしただろうしな」

「そうかもしれませんけど……」

そう言った涼聖は倉橋が成央《せいおう》医科大学付属病院、と病院名が印刷されたＡ４サイズの封筒を脇に置いているのに気づいた。

成央医大は涼聖の古巣であり、倉橋の派遣元でもある。

「先輩、俺と話したいことっていうのは、それと関わりありますか?」

封筒を指差して問うと、倉橋は封筒に軽く目をやり、頷いた。

「まあね」

「何か面倒事ですか?」

そうでなければ、わざわざ涼聖に会いに来ないだろうとは思う。

だが、倉橋はここで話すつもりはなさそうだった。

「この件も含めて、ゆっくりと話したいと思ってね。近々時間を取ってもらえないかアポを取りに来たんだ」

「わざわざ?」

軽く笑顔を作って言う。

「電話ですませようとも思ったが、陽くんに会ったからね。それならついでに香坂の顔を見ていこうと思っただけだ」

「ああ、俺のほうが『ついで』でしたか」

「香坂に『会いたくてたまらない』ってわけじゃないのは確かかな」

倉橋はそう言って笑う。

「先輩にそんなことを言われたら、地球の最後を覚悟しなきゃいけないレベルですよ」

涼聖も笑って返しながら、

「診療所の休みが先輩の休みと重なればその日でいいですし、夜の診療後でもかまわないなら先輩の都合のつく日にいつでも」

と伝える。それを聞いて倉橋は携帯電話を取り出すと、スケジュールを確認した。

「そうだね、じゃあ明後日の夜、かまわないかな」

「診療日なんで、夜に家に来てもらえますか？　先輩、次の日の仕事は？」

「夕方からだよ。それまでは待機でもないから、よほどじゃない限り呼び出されない」

「じゃあ、飲みながら、どうです？　そのままうちに泊まってもらって」

涼聖の提案に倉橋は微笑んだ。

「嬉しい提案だけど、甘えていいのかな」

「もちろん。伽羅が張り切っていろいろと肴《さかな》を作ってくれると思いますから」

「それは楽しみだな。じゃあ、明後日、お邪魔するよ」

倉橋はそう言うと、途中になっていた陽とのリバーシの対戦を最後までやって、帰っていった。

「倉橋殿の悩みに心当たりはあるのか？」

倉橋を見送ったあと、琥珀が不意に聞いた。

「ないわけじゃない。多分、元の病院から帰れって催促があるんだろうと思う」

もともと、半年ほどという約束でこちらに来ていたはずだ。

その半年など、もうとうに過ぎていた。

「戻りたい気持ちと、ここに残るという気持ちの二つでお悩みか」

「……戻りたい？」

琥珀の言葉が涼聖のなかで何か引っかかった。

だが、その時、午後診療のための患者がやってきて、話はそれまでになった。

2

二日後、診療を終えた涼聖が琥珀や陽と帰宅すると、既に倉橋が来ていた。

「くらはしせんせい、いらっしゃいませ！」

家の前に倉橋の車が停めてあるのを見つけてから、ウキウキしていた陽は玄関に入るや伽羅の出迎えを受けるのもそこそこに居間へと駆けていき、挨拶をする。

「陽くん、おかえり」

倉橋に返された挨拶に陽が元気よく「ただいま！」と返すのを聞きながら、涼聖と琥珀は居間に入った。

「お邪魔してるよ。二人ともお疲れ様」

「すみません、戻るのが遅くなって」

普段は診療時間が終わる頃には患者はいないことが多いのだが、今日は受付が終わってから飛び込んできた患者がいて、二十分ほど遅くなってしまったのだ。

「いや、診療所の灯りがまだついているのが分かってて来たからね。それに、伽羅さんが接待してくれてたから、楽しい待ち時間だよ」

倉橋が座すちゃぶ台の上には、いくつかの小鉢とご飯の入った茶碗《ちゃわん》が置いてあった。

「軽く食べてきたとはおっしゃったんですけど、このあと、飲まれるんなら、おなかに何か入れといたほうがいいですって言って、つまむ程度でもって小鉢をお出ししたんですよー」

伽羅が説明するのに倉橋は頷き、

「いただいてると、ご飯がほしくなってね。それで、結局きっちり夕食をって流れだ」

苦笑して続けた。

「伽羅、おまえそのうちレシピ本でも出したらどうだ？　売れると思うぞ」

伽羅の料理のうまさを身をもって知っている涼聖は半ば本気で言う。

「じゃあ、料理ブログを始めて、出版スカウトを待ちましょうか」

伽羅は笑って返した後「すぐにお二人の分の準備しますね」と言って台所に消えていく。

そして手早く琥珀と涼聖の分を準備すると、診療所で風呂をすませてきた陽を寝かしつけるために、部屋に一緒に向かう。

「いつものことながら、伽羅さんは本当に面倒見がいいね」

食事をしながら、倉橋が言う。

「陽の世話は本来であれば、保護者である私がしなくてはならぬのだが、つい伽羅殿に甘えてしまう」

琥珀が自責を含ませた声で告げるのに、

「伽羅さんは、嬉しそうだから、性に合ってるんじゃないのかな。陽くんもいい子だし」

特にフォローというわけではなく、感じていることをそのままといった様子で倉橋は返した。

「それもあるし、伽羅は琥珀の役に立つのが嬉しいんだろ？　おまえに対しては頭が下がるほどの下僕体質だからな」

涼聖が笑いながら付け足す。

「ああ、確かに琥珀さん至上主義、みたいなところがあるね。子供の頃から憧れの存在だったっていうような話を前にちらっと聞いたことがあるし」

倉橋や集落の住民たちには「琥珀の父方の従兄弟が伽羅、琥珀の母方の従兄弟が生んだ子供が陽」であり、「陽の両親が亡くなったので琥珀が引き取り育てている」という設定になっている。

すべてはその設定の上に成り立っているのだが、伽羅の琥珀大好き病にそんな説明をしたかどうかさだかではなくて、涼聖はひやりとするが、琥珀は少し微笑んだ。

「幼い頃は、多少の歳の差でも大きく、そのせいで私に対して過剰に何かを感じているのだろうが、私自身には特に何かをしたという心当たりがなくてな」

「長く飛ぶ紙飛行機を折れるとか、連続二重跳びができるとか、そんなレベルでも子供にとっちゃ憧れだろう。陽だって孝太くんのザリガニ取り能力の高さに心酔してるからな」

涼聖が出した例えに倉橋が笑った。

「確かにそうだね……。去年、川辺で孝太くんと二人でザリガニパラダイスを作ってたね」

それは去年の夏だ。

川辺で石を積み上げて小さなプールを作り、そこに捕まえてきたザリガニをどんどん入れるという遊びを二人は楽しんでいた。

初心者の陽はなかなかザリガニを捕らえることができなかったが、孝太はあっという間に捕らえてはプールに入れていく。

一時間で三十匹以上を捕らえて、プールをいっぱいにした孝太を見る陽の目は、まさしく憧れの眼差しだった。

これが、佐々木《ささき》クラスになると「なんでもできちゃうすごいおじいちゃん！」で、ランクはさらに上がるというか、孝太が一番、陽と年齢が近いので「頑張ったら近づけるかも」という憧れ対象なのだ。

そんな話をしながらの食事が終わる頃、陽を寝かしつけた伽羅が居間に出てきた。

「陽、寝たのか」

「ええ。今日は人魚姫《にんぎよひめ》だったんですけど、人魚姫の姉妹が短刀を持ってくる前に、眠りの波間に」

笑って言う伽羅に、

「伽羅殿、いつもすまぬな」

琥珀が労うように言う。それに伽羅は、

「琥珀殿のお役に立ててるなら、このくらいなんでもないことです」

目を輝かせて言い、図らずも涼聖の言う「下僕体質」を披露する。

それに倉橋は少し笑い、涼聖は「やっぱりな」という様子で頷く。

「二人とも、どうしたんですかー？」

涼聖と倉橋の様子に、伽羅は怪訝《けげん》そうな顔をする。

「伽羅さんは面倒見がいいって話をしてたから、ちょっとね」

倉橋はごまかすように言い、琥珀はこれ以上この話を続けるのを望まず、

「私は先に風呂を使わせてもらう」

食べ終えていたこともあり、そう言って、食器を台所に運びがてら風呂場へ向かった。

もちろん、「琥珀殿、俺が運びますから！」と伽羅は言ったが、「この程度のことなら、私にもできる」と琥珀は苦笑し、「片づけはそなたに頼む」と付け加える。

用事を頼まれたというのに伽羅は嬉しそうで、いつものことながら、涼聖は「ほんと下僕」と胸のうちで呟く。

その下僕は、「じゃあお酒の準備してきますね」と言うと台所に消え、酒と肴の準備を整えてすぐに居間に戻ってきた。

「とりあえず、ビールをお持ちしました。あと、冷蔵庫に炭酸水も冷やしてあるので、ウィスキーなんかの割材に使ってください。冷酒も準備してますからどうぞー」

言いながら伽羅はビールとつまみをちゃぶ台に並べる。

並べられたつまみは、先に食事をすることが前提で作られている様子で、ボリュームはないが彩りのいいものばかりだった。

アボカドとチーズのスライスを交互に挟んで並べたものに、ちくわの穴に梅肉を塗り、茹《ゆ》でたキャベツの葉で巻いたもの、それから、スモークサーモンでセロリとカブを巻いたものと、あとは野菜スティックだ。

「おいしそうだね」

「そうですか？　ありがとうございます。もし足りなかったら、冷蔵庫の保存容器のなかに残りが入ってるので食べてくださいねー」

倉橋の言葉に伽羅は笑顔で返してから、

「じゃあ、俺、食器、食洗機に入れたら家に帰りますから」

と帰宅する旨を涼聖に告げる。

普段、洗い物をしてくれる率が高いのは伽羅だが、彼はあまり食洗機を使わない。それほどの量にならないことも理由だが、手洗いが好きらしい。

今日も普段の伽羅からすれば手洗いで充分な量なのだが、二人が話すのに自分が長居をすると支障をきたすと気遣ったのだろうと分かった。

だが、それに倉橋は驚いた顔をした。

「今から、山道を帰るのは危なくないのかい？」

伽羅の家の場所を倉橋も知っているので、心配して聞いた。

「懐中電灯常備してますし、慣れてるんで大丈夫ですよー」

「そうなのかい？　でも気をつけて」

自分の家ではないし、涼聖の様子からすると普段から伽羅は暗い山道を帰ることが常なのだろうと解した倉橋はそう言うにとどめたが、不意にあることを思い出した。

「ああ、そうだ。これを橡《つるばみ》さんに渡してくれるかな」

言いながら、持参したカバンのなかから一枚のメモを取り出した。

「橡殿に？」

「ああ。俺の勤務シフトのメモなんだ。予定外に出勤しなくてはならないこともあるんだが橡さんの都合と合うようなら淡雪《あわゆき》ちゃんを預かるって伝えてくれるかい？」

倉橋の言葉に、以前そんなことを倉橋が話していたのを思い出した。

「きっと喜びますよー！　橡殿も淡雪ちゃんも」

「我が子でも育児は大変だからね。まして橡さんの場合、少し複雑な状況みたいだし。もちろん橡さんにも頼れる人はいるだろうけれど、その先は多いほうがいい。俺としても、淡雪ちゃんは気になるから、様子を見たいしね」

倉橋の言葉に伽羅は頷き、

「必ず橡殿にお伝えしますね。じゃあ、このメモにある倉橋先生のお休みの日と、予定の合う日を橡殿に聞いて、涼聖殿から先生に連絡してもらいます」

今後の段取りを軽く伝える。

「ああ、すまないね。頼むよ」

「いえいえ、どうせ橡殿とは近々お会いしますから。じゃあ、俺はこれで」

伽羅は立ち上がり、軽く会釈をすると居間をあとにした。すぐに玄関の戸が開閉する音が聞こえて帰っていったのが分かる。

「先輩、どうぞ」

涼聖は準備された缶ビールを開け、倉橋のグラスへと注ぐ。

「ありがとう。……注ごうか？」

お返しのつもりなのか倉橋は聞いてきたが、

「いえ、気持ちだけ受け取っときます。あと、最初の一杯はお客様なんで注いだだけですから、あとは手酌でお願いします」

涼聖は笑って返しながら、自分のグラスにもビールを注ぎ、乾杯をしてから飲む。

少しの間、伽羅の作った肴のおいしさを話したりしていたが、それが一段落してから、倉橋は本題を切り出した。

「この前、大野木《おおのぎ》先生が病院に来てね」

「え…、何をしに、ですか？」

大野木というのは、倉橋の派遣元であり、涼聖が以前勤務していた成央医大の外科副部長だ。

「こっちで学会があってね。そのついでに様子を見にっていうのと、ちょっと欲しい資料があって向こうの先生に頼んだんだ。それを持って来てくれた。郵送でもいいのに、わざわざ。ついでに言えば学会は県を跨いでるから、一時間かけて立ち寄ったみたいだよ」

倉橋はさらりと言うが、それの意味するところは説明されなくても分かる。

「わざわざ外科副部長がってあたり、帰って来いっていうプレッシャーをかけるためだっていうのが丸分かりですね」

「だろう？」

涼しい顔で倉橋は返してくる。

もともと、半年という期限付きでこっちに来ているのに、それをまったく無視してこちらにい続けているので、バツの悪さがありそうなものだが、倉橋からはそんな様子は微塵も感じない。

「うるさく言われなかったんですか？」

「その件を出してこようとした時、丁度っていうと問題があるんだが、急患が立て続けにあってね。それで救急が殺気立つ忙しさになったんだよ。だから、こっちで楽をしてるわけじゃないっていうところは見せられたから、成央にはまだしばらくは帰れなさそうだって、伝えてくれると思う。……なにしろ、手伝ってもらう騒ぎになったからね」

しれっと倉橋は言う。

「手伝ってもらうって、大野木先生に、ですか」

「そうだよ。突っ立ってても邪魔なだけだし。あの日、工場で火事があったの覚えてないか？」

「あ……、整備工場の火事ですか？」

数日前の地元新聞に載っていた記事を思い出した。

「そう。熱傷患者が次々に運ばれて来たからね。使える手は全部使わせてもらった。人員も機材も、成央とは比べ物にならないんだってことは身をもって痛感してくれたとは思うんだけどね」

そう言った倉橋は、憂えているような表情をしていた。

「でも、逃げ切れるって感じはしないってことですよね？」

涼聖が問い返すと、倉橋は笑い、

「最初の予定を大幅に超えて滞在してるから、いずれ、一度は帰ることになると思う」

と言ったあと、すぐに続けた。

「その時は、成央を辞めるって話をすることになるだろうがな」

倉橋の言葉に、涼聖は眉根を寄せた。

涼聖の表情を見やった倉橋は、少し首を傾げ、

「俺がこっちにずっと居座ったら迷惑か？」

茶化すように聞いてくる。

「いいえ、そんなことはないです。先輩がずっとこっちにいてくれるのは大歓迎ですよ。むしろそうなればいいって願ってます。……ただ、よほどうまくやらないと、成央と対立するような形で辞めることになりますよ。そうなると、こっちの病院で、先輩の居場所がなくなる可能性があります」

涼聖が心配しているのは、そこだ。

今、倉橋が勤務している地元の総合病院は、成央医大の学閥だ。

涼聖はうまく辞められたというか、当時は倉橋が残っていたため、涼聖が辞めたいと言っても、難色は示されたが、医師が不在となった集落へという人道的な理由と、倉橋というエースがいたため、比較的いい感じで辞めることができたのだ。

そのため、成央の学閥である街の総合病院とも提携してやっていけているし、医薬品などの納入にも問題は起きていない。

もし、よくない形で辞めていたら、医療器材や薬品の納入一つをとっても苦労しただろう。

そういう学閥の怖さ——と言ってしまうと語弊があるが——は倉橋も充分知っていることだ。

「そのあたりは、いろいろと考えてるよ。……それに、辞めるって話を切り出すのはまだ先の話になると思う。何が何でも帰ってこいって状態じゃないはずだからね」

倉橋はここに来るに当たって、自分がいなくても充分機能して回るように、成央の救急救命の体制をきちんと整えた。

だからこそ、無理に帰ってこいとは言えず、倉橋がこちらに残ることを容認しているのだろうと察することができる。

「その間に、なんとかこっちにうまく居座る術を考えるよ」

倉橋は笑って言うが、今のところはまったく白紙なのだろう。

「俺に手伝えることがあれば、言ってください」

「ありがとう」

倉橋は笑って礼を言ったあと、グラスに残ったビールを一度に飲み干した。

そして、手酌で注ぎながら、

「淡雪ちゃんと、最近会ったか？」

と聞いてきた。

「先週、淡雪ちゃんの紙おむつを取りに橡さんが来たんですけど、淡雪ちゃんは置いてきたみたいなんで、会ってませんね。でも、相変わらず元気そうですよ。橡さんが寝不足に追い込まれる程度には」

涼聖が答えると、倉橋は、そうか、と返しただけだがどこか嬉しそうに見えた。

「……やっぱり、淡雪ちゃんのこと、気になりますか？」

涼聖が問うと、倉橋は頷いた。

「そうだね。あそこまで完全なアルビノの患者に出会ったことがない、というのも理由の一つだけど……複雑な生い立ちのようだから、余計にね」

返ってきた倉橋の言葉に、涼聖は少しドキッとした。

橡の生い立ちはふわっとした説明しかしていない。

倉橋も深くは聞いてこなかったので、伝える必要はなかったし、何より、詳しくなど説明できるはずがない。

――じつは橡さんは、烏天狗《からすてんぐ》で、淡雪ちゃんは白いカラスなんです……なんて言えるわけがないしな。

ただ、橡本人が倉橋に自分のことをどう話しているのか、だけは聞いておいたほうがいい気がした。

「先輩は、橡さん本人から生い立ちについて、何か聞きましたか？」

できるだけさりげなく涼聖は問う。

「詳しいことは何も知らないよ。聞いたのは、淡雪ちゃんとは腹違いの兄弟で、父親は失踪中。淡雪ちゃんの母親は亡くなっていて、異母兄である橡さんに淡雪ちゃんが託されたってことだけだ」

「それだけですか？」

「ああ。ただ、健康保険証を持っていないってことや、おまえがカルテを作ってないっていうことから、セーフティーネットから漏れている存在だと想像はしてる。可能性が一番高いのは椽さんは無戸籍児童として育って今に至り、淡雪ちゃんもそうじゃないかとはね」

倉橋の推測に涼聖はどう反応していいのか分からなかった。

無戸籍、というのは正解だが、必要がないというのが理由だ。

何しろ神様なのだから。

どう返事をするのがいいかと悩んでいるうちに、倉橋が言葉を続けた。

「淡雪ちゃんが、このまま健やかに育ってくれればいいと願ってるよ。けれど、多分難しいだろう。何かしら障害が出てくる可能性が高い」

「そう、ですね。特に視力、ですね」

アルビノは先天的に斜視や乱視、弱視があると一般的には言われている。

それに虹彩《こうさい》の色が淡雪はほぼない。

虹彩は光を遮る役目を持っている。日本人のように黒から茶色の虹彩はその力が強く、欧米人に見られる青や緑の薄い色彩になるほどその力は弱い。

アルビノである淡雪の虹彩が赤く見えるのは、赤い色の虹彩というわけではなく、虹彩の奥にある毛細血管が透けて見えているからだ。

つまり遮るものがほとんどない状態なので、通常では何ともない光でも眩しく感じてしまうだろう。

「それ以外にも、皮膚がんのリスクも上がる。免疫力が低いという症例もあるらしいから、今のように診療所で無報酬で診るにも限界があるだろう。そうでなくとも、おまえの手に負えない状況も出てくるかもしれない」

「ええ」

淡雪が人だと仮定して、今後のリスクを考えれば、涼聖の診療所では対応しきれないことが出てくる可能性は高い。

「そうなったら、設備の整った病院にかかる必要が出てくる。その時のことを考えて、簡単なことじゃないとは思うけれど、戸籍の取得を勧めたほうがいいと思ってる。椽さんにしても、今、どんな仕事をしてるのかは知らないけれど、身分証明の必要のない仕事となれば、割に合わない内容のことかもしれないからね」

静かな声だったが、倉橋が真剣に淡雪や椽の今後を考えているのが分かる。

だが、涼聖は返事に困った。

実際、椽が金銭面で多少問題を抱えているのは事実だ。

椽自身は金銭を必要としない存在だが、今の淡雪には何かとお金がかかる。それゆえなのだが、淡雪にかかる経費程度は、カラスたちが集めてくる金属類を売ったりして賄えているらしい。

しかし、そんなことを言えるわけもなくて、涼聖が黙ったままになっていると、

「……香坂の患者だから、俺からはとやかく言わないつもりだし、香坂も考えているとは思うけ

どね」

倉橋は話を締めるようにそう言った。

だが、それは「ちゃんと二人の将来のことを考えてやれ」というプレッシャーでもあった。

「……そうですね。いずれは、と思ってます。ただ、今は小うるさく言って避けられると……淡雪ちゃんの診察もできなくなりそうで」

涼聖はもっともらしいことを言ってごまかすが、倉橋は納得した様子で頷いた。

「それもそうだな……。『他人の世話になる』ということに、橡さんは抵抗がある様子だからね」

「ええ……。あれでもずいぶん、マシにはなったんですよ。前は、夜泣き攻撃で倒れそうになりながら、それでも『大丈夫だ』なんて言ってましたから」

「ここへ、寝かせてくれ、と言いに来るだけでも進歩というわけか……」

倉橋が苦笑しながら言う。

「ええ、そういうことです。最近は伽羅が淡雪ちゃんの離乳食を作ってますよ」

「伽羅さんの手伝いなら受け入れる感じかな」

「というか、伽羅の口八丁手八丁にまんまとやられたって感じじゃないですか？　伽羅は如才なく自分の思うようにことを進めるのがうまいですから」

涼聖の言葉に、倉橋は心当たりがある様子を見せ、頷いた。

「ああ……、確かにそうだね。俺も、しっかり夕食をごちそうになったからね」

「伽羅は料理をするのが好きですからね。それをいろんな人に食べてもらいたいって気持ちもあるみたいですから、喜んでますよ」

事実、伽羅は料理をしている時は楽しそうだ。

本職が稲荷《いなり》であることを忘れてるんじゃないかと思う時があるほどに、生き生きとしている。

伽羅の祠《ほこら》を祀《まつ》っているシゲルやシゲルの会社の従業員が、祠の掃除や点検を兼ねたお参りに来る時は事前に連絡があるのだが、彼らのためにいそいそともてなすおやつを作ってふるまっている。

みんな喜んで食べているらしいが、まさか自分たちが祀っている稲荷神お手製のおやつを食べているとは思ってもいないだろう。

「料理ブログを始めたら、あっという間に人気が出そうだね」

倉橋が笑いながら言う。

「そうなったら天狗になりそうなんで、やっぱりブログ開設は阻止します」

即座に返した涼聖に、倉橋は「酷いな」と言いながらも笑う。

そのあとは、集落の事をあれこれ話しながら、夜更けまで和やかに酒を飲んでいた。

3

二日後、伽羅が珍しく自分の家で過ごしていると、家の外で大きな鳥が翼をはためかせる音が聞こえてきた。

その羽音の主は伽羅の家の玄関の戸に手をかけ、鍵が開いているのに気づくと、

「伽羅、いるのか」

声をかけながら入ってきた。

「いますよー、どうぞー」

伽羅が声をかけるとすぐに玄関から人が入ってくる足音がして、その足音はまっすぐに伽羅のいる台所へと向かってきた。

「珍しいな、この時間、おまえがいるなんてのは」

台所に姿を見せたのは烏天狗の橡である。

橡が肩から下げたベビースリングの中には、ぽわぽわの真っ白な髪と紅玉のようなつぶらな瞳の赤子がいた。

橡の弟である淡雪だ。

白い烏に生まれついた淡雪は、大人しくしていると本当に愛らしく天使みたいなのだが、天使のような笑みを浮かべている時は、たいていいたずらを楽しんでいる時であり、それ以外の時は

いろいろな理由で泣いたり、癇癪《かんしゃく》を起こしたりして、椽や世話をしている烏を困らせている。今はスリングの中で大人しいが、さっきまでは泣いていたのか、目がうるんでいる。

「淡雪ちゃーん、少しご機嫌斜めでしたかー？」

伽羅は淡雪を覗きこんで聞く。

「ついさっきまでな。おまえの家が見え始めたら泣きやんだ。飯が食えるって分かってんだろうな」

椽が説明する。

「そうでしたかー。じゃあ、離乳食解凍しましょうねー。あ、椽殿、適当に座っててください」

前半は対淡雪モードで、後半は対椽モードに瞬時に切り替えて言ってくる伽羅に、器用だな、と思いつつ、椽も慣れた様子で台所と続き間になっている居間に腰を下ろす。

伽羅は淡雪の離乳食を冷凍庫から取り出し、ポットの湯をボウルに入れてそれで湯煎しつつ、お茶を二つ淹れ、お茶請けに松川《まつかわ》と漬けた梅干しを用意して居間に入り、椽の向かいに腰を下ろした。

「椽殿、どうぞ。淡雪ちゃんは少し待っててくださいねー」

椽の前のちゃぶ台に湯呑と梅干しを置き、その手で淡雪の頭を軽く撫でる。

淡雪は、ご機嫌斜めモードを引きずってはいたが、新たにグズり出しそうな気配はなかった。

「で、今日はどうしたんだよ。涼聖さんとこに行ってなくていいのか？」

「一通り家事が終わったんで、ちょっと戻って来たところなんですよー。こっちも昼間のうちに掃除したいところとかあったんで。夕方になったらまた向こうに帰りますけどね」

淡雪の離乳食は、必要な時に勝手に持ち帰ってくれてかまわないと伽羅は言い、その時に伽羅が不在のことも多いので、橡は合鍵を渡されている。

伽羅の家はいつ来ても綺麗《きれい》に片づいていて、掃除も行き届いているし、冷凍庫の中にしまってくれている離乳食も、すべてに作製日と料理名がラベリングされていた。

――七尾の稲荷ってもっと偉そうにしてるイメージなんだがな……。

稲荷の知り合いが他にいるわけではないので、あくまでもイメージでしかないが、尻尾の本数でいえば三本半しかない琥珀のほうが威厳がある。

もっとも、琥珀は元八尾なので、基本的な器としては琥珀のほうが上なのかもしれないが。

「けど、今日来てくれてよかったです。明日あたり、橡殿に会いに行こうと思ってたんで」

ふと思い出したように伽羅が言う。

「何か用があったのか？」

伽羅が橡に用がある、というのはわりと珍しい。

領地が隣り合うものの、少し前までは先代の横暴なやり方のせいで、いろいろと問題があり、「今日から仲良くしてください」的なお達しを出しても、それぞれの領地に住まうものはぎくしゃくとしていて、小さな諍いは起きていた。

そのたびごとに伽羅と橡は相談をしあっていたが、今はすっかり二つの領地に住まうものたちも状況に慣れ、諍《いさか》い事はほぼない。

なので、伽羅が椽に会いに来るほどの用といえば、陽が椽に会いたがっている、という時くらいだ。

それも、椽が育児疲れで香坂家にたびたび行くようになって、かなり減った。

「倉橋先生から勤務シフトのメモを預かってきたんですよー」

伽羅はそう言って、預かってきたメモを取り出し、ちゃぶ台の上に置く。

耳聡い淡雪は、伽羅が口にした「倉橋」の名前に目を輝かせ、「くー！　く！」とテンションがやや上がった様子で手を振る。

「そうですよー。倉橋先生ですよー」

伽羅はご機嫌になった淡雪に声をかけてから、

「このメモにある日なら淡雪ちゃんの子守りができるので、椽殿に息抜きをしてもらってほしいって。二重丸のついてる日は、呼び出しからも外れてる日で、無印は呼び出しがあれば駆けつけないといけない日らしいです。椽殿の都合のいい日と照らし合わせて、教えてください。倉橋先生に伝えとくんで」

そう説明したのだが、椽は微妙な顔をした。

「あれ？　もしかしてこのメモにある日、全部都合悪いですかー？」

椽の様子から察しえたことを問う伽羅だが、椽は頭を横に振った。

「いや、そうじゃねぇ。病院勤務ってのは、忙しいんだろ？」

「まあ、暇ってわけじゃないとは思いますけど。涼聖殿も急患があれば夜中でも駆けつけてますし……」

「忙しいなら休みは貴重だろ。そんな時に淡雪の世話を頼むのはな……」

どうやら倉橋のことを気遣っているらしい。

「確かにそうですけど、倉橋先生は淡雪ちゃんのことが心配みたいですよー？　それで、世話をみるついでに診察っていうか、健康状態とかを確かめたいんだと思いますけど」

倉橋の考えがあっての申し出だから気にしなくていいというつもりで言ったのだが、

「ああ…、淡雪を心配してくれてんのか」

橡は納得した言葉を言いながらも、やや落胆しているように感じた。

――ん？

その様子に、伽羅は内心で首を傾げる。

淡雪のことを気にかけてくれているということは、落胆するようなことではないはずだ。

それなのにこの橡の様子はやや妙だ。

「まあ、心配なのは淡雪ちゃんだけじゃないみたいです。橡殿のことも心配してましたよー。我が子でも育児って本当に大変みたいですし、橡殿の場合は弟さんだし、淡雪ちゃんの夜泣きに悩まされてるってことも御存じだし。たまには、橡殿にゆっくり過ごす時間をって考えてくれてるみたいです」

あの夜、倉橋から聞いた言葉を思い出しつつ、いろいろ補足して伝えると、橡は気づいていないだろうが、どこか安堵したというか、ほっとしたような感じの表情を見せ、

「そうなのか？」

と、返してきた。

伽羅は頷いて言いつつ、さっきからの橡の反応にひっかかった。

「ええ、そうですよー」

――この感じって…、もしかして。

頭の中である推測をした伽羅は、

「橡殿は、倉橋先生のこと、どう思ってます？」

ものすごくざっくりと聞いてみた。

「どうって言われてもなぁ……、いい人だと思ってるよ」

という橡の返事に、

「いい人っていうなら、涼聖殿だってそうじゃないですかー？　同じ感じです？」

伽羅はたたみかけるように聞く。

「まったく同じってわけじゃねぇけど……」

返って来たのは微妙な言葉で、橡の様子もとらえどころがないというか、伽羅が遠回しに聞いている事柄にまったく気づいていない様子だ。

よって、伽羅は仕掛けることにした。

「ぶっちゃけ、俺的には倉橋先生って好みなんですよねー」

伽羅が言うと、橡はあからさまにむっとした顔になる。

「おまえ、琥珀が一番じゃなかったのかよ」

すぐさま突っ込んでくる。

「ゆるぎない一番は琥珀殿ですよ。当然じゃないですか」

伽羅は自信満々に返し、

「けど、なんていうか、推《お》しは何人いても幸せっていうか……」

と続けると、

「推し？」

橡は聞き慣れない言葉に首を傾げた。

「そう『推し』です。俺を祀ってくれてるシゲルさんっているじゃないですかー。シゲルさんはアイドル好きなんですけど、一番応援してるのはみゆかちゃんって子なんですよ」

「応援してる相手のことを『推し』っていうのか？」

「意味合い的にはそれも含みつつっていうか、むしろ大好きで応援せずにいられない、この子を幸せにしてあげたい、笑顔を見たい、彼女が笑顔でいてくれれば自分も幸せっていうか、もうとにかく無条件で『この子！』って感じもありますね」

伽羅は意図的にある言葉を避けて説明する。

「で、シゲルさんの一番の推しは、みゆかちゃんなんですけど、別のグループにも推しがいて、梨々菜《りりな》ちゃんと瞳《ひとみ》ちゃんっていうんですけど、みんな可愛いんですよねー」

「はあ……」

「シゲルさんいわく、一番はみゆかちゃんだし、イベントがかぶったらみゆかちゃんって決めてるけど、他の頑張ってる子たちの姿を見て幸せになれるのも事実なんで、推しは何人いても幸せって感じみたいです」

だが伽羅の説明を聞いても、橡はまったくピンときていない様子だった。

よって、橡もよく知っている人物で説明することにした。

「月草《つきくさ》殿だって、ゆるぎない一番は陽ちゃんですけど、秋《あき》の波《は》殿のことも淡雪ちゃんのことも愛でてらっしゃるでしょ？　ああいう感じです」

分かりやすい例えだったらしく、橡は「ああ」と納得した様子を見せる。そこで、

「そういう意味なら、橡殿だって、倉橋先生は『推し』じゃないんですか？」

流れで聞いてみたのだが、

「……そう言えなくもない、のか？」

どうにも煮え切らない答えだ。

――鈍いんですか？　それとも本当に何とも思ってないんですかね？

判断のつかない伽羅だが、これ以上突っ込むと橡に警戒されると踏み、

「淡雪ちゃんは倉橋先生、大好きですよねー？」

淡雪の顔を覗きこんで聞く。

すると淡雪は手足をばたつかせて、

「くー！　くーし！」

と興奮した様子で答える。

それを微笑ましく思いつつ伽羅は淡雪を見つめるが、淡雪はその伽羅に、

「きゃー、んーま！　ま！」

と、食事を催促してきた。

それに、伽羅は離乳食の湯煎をしていたことを思い出した。

「そうですねー、ご飯にしましょうねー」

伽羅は立ち上がり、台所に向かう。ボウルで湯煎していた離乳食は温度もいい感じに仕上がっていた。

それを袋から出し、器に移し替えて伽羅は居間に戻る。

「淡雪ちゃん、お待たせしましたー。ご飯、食べましょうかー」

伽羅は橡から淡雪を受け取ると、自分の膝の上に淡雪を座らせて、食べさせ始める。

「んー……ま！」

「おいしいですかー、淡雪ちゃんは『おいしい』がちゃんと言えるいい子ですねー」

離乳食を食べる淡雪を伽羅は笑顔で褒めつつ、橡に視線を向けた。

「倉橋先生に返事しなきゃならないんですけど、どうします？　橡殿の気が向かないなら、都合がつかないって返事しておきますけど」

伽羅の言葉に、橡はちゃぶ台の上に置かれたメモを見直す。

そして、ある日を指差した。

「じゃあ、この日で頼む」

伽羅は指先にある日付を見た。

「あ、その日は診療所もお休みなんで、涼聖殿や琥珀殿も家にいますよー。陽ちゃんもいますから、きっと喜びます」

そう言って、膝の上の淡雪を覗きこむと、

「淡雪ちゃん、今度は倉橋さんや陽ちゃんたちと遊べますよー」

声をかける。淡雪は、むふふー、とご満悦といった笑顔を見せると、伽羅のスプーンを持つほうの手を軽く叩いて、催促する。

「まだまだ食べられそうですか？　淡雪ちゃんは、お野菜もたくさん食べられるんですねー」

食べさせている離乳食はブロッコリーやニンジン、パプリカ、小松菜などの野菜を細かく刻んだものをたくさん入れたシチュー風おじやだ。

味付けに気を配ってはいるが、野菜を嫌う子供もいる、と離乳食作りのサイトには書いてあることが多い。

だが、今のところ、味にさほどの癖がなければ淡雪はどれも平らげてくれている。

「いい子、いい子」

淡雪は伽羅に大人しく餌付けされ、橡はしばらく黙してその様子を見つめていたが、

「伽羅、おまえ、今まで決まった相手とかいなかったのか？」

突然、そんなことを聞いてきた。

「藪《やぶ》から棒《ぼう》になんなんですかー」

「いや、おまえ面倒見いいっていうか、マメだろう？　七尾の高位の稲荷とくれば、それだけでも近づくやつは多かっただろう」

続けられた言葉に、伽羅は満更でもないというような表情を見せたが、

「俺の心は出会った頃から琥珀殿一筋ですよ」

いつになく真面目な顔で返してきた。

「体はどうなんだよ？」

即座に突っ込んでくる橡に、

「二百年近く生きてきて童貞って……ねぇ？　人間だと三十歳超えて童貞だったら魔法使いになれるらしいですよ？　それが二百年だったら、俺なら問答無用で九尾になれる勢いだと思うんですよねー」

それが七尾ですから、まあ御察しくださいってとこで、とはっきりとは言わないまでも、そうではないと告げてくる。

まあ、そうだよなと納得した橡に、伽羅はハッとした顔をした。

「そんな話題を急に振ってくるなんて、まさか橡殿……？」

「違《ちげ》ぇ。あり得ねぇだろ」

即答してくる。その返事に伽羅は何となくほっとした。

「まあ、モテそうですもんねー、橡殿」

「それは、おまえも大概だろ」

「まあ、否定はしませんけど」

どうやら互いに華やかな過去があるのが分かるが、深く聞く気はどちらにもない。

モテ自慢など聞いたところで、楽しくもなんともないからだ。

「淡雪ちゃんも大きくなったらモッテモテになりますよー。真っ白で綺麗な翼の烏天狗さんですからねー」

若干自分が蚊帳の外になったのを感じて、やや不機嫌そうな声を出した淡雪に、伽羅はすぐさま声をかけ、口に食事を運ぶ。

「そういや、琥珀もずいぶんモテそうじゃねぇか？　本宮にゃ、おまえみたいに琥珀に熱を上げてんのがいっぱいいいるんだろ？」

琥珀は本宮出身の稲荷ではない。

それにもかかわらず、本宮の稲荷には相当数の琥珀ファンがいるというのを、伽羅から漏れ聞いたことがある。

漏れ聞いた、というのは、伽羅が時折『琥珀殿ラブ』をだだ漏れさせる際に、いろいろと逸話を聞かされた、というのが正しい。

それによると、琥珀が本宮からの呼び出しに応じて十年に一度程度顔を出していた頃は、琥珀が本宮に来るのに合わせてやってくる稲荷が多数で、抽選になったほどだとか、夜の食事は懇親会を兼ねて数名ずつ部屋に分かれて、というのが普通らしいが、琥珀と食事を！　と願う稲荷が多く常に一番大きな部屋が使われていたらしい。

それほどまでに慕われていた琥珀なので、さぞやモテただろうと思うのだが、伽羅はとんでもないとばかりに頭を横に振った。

「琥珀殿の場合はそういうレベルじゃないんですよー。なんていうか、侵しがたい存在っていうか！　白狐《びやっこ》様とはまた別の意味で神聖なんです！」

目をキラキラさせ、熱く語る。

どうやらスイッチが入ってしまったらしく、

「橡殿は正装の琥珀殿をご覧になったことがないから分からないかもしれませんけど、匂い立つような美しさなんですよ！　それでいて清冽な印象もあって、優雅にして高貴って感じで、ちらっと視線を向けられただけで卒倒した稲荷がいるくらいなんですから！」

暑苦しい勢いで語ってくる。

「……まさしく『推し』か」

面倒なことになったなと思いつつ、さっき伽羅が言った言葉で返してみる。だが、伽羅は、

「いえ、俺は恋仲希望ですよ！」

きっぱり言い切ってきた。

「おまえ、さっきと言ってること違ってねぇか？　琥珀はそういうレベルじゃないんだろ？」

橡が突っ込むと、伽羅は爽やかな笑顔を見せ、

「百五十年以上も片思いしてたら、神聖さが一周回って恋仲希望にもなりますって」

よく分からない理論で説明してきた。

意味が分かんねぇ、と突っ込みたい椽だったが、これ以上伽羅の『琥珀ラブ』トークに巻きこまれるのも面倒なので、そうか、と軽く流し、

「そのわりにおまえ、琥珀に対してアプローチしてないんじゃねぇか？」

と聞いてみる。

琥珀殿琥珀殿とうるさく言っているわりには、友人――と言っていいのだろうか――という範《はん》疇《ちゅう》を出ない節度を保った関係だと思う。

だからてっきり、恋愛感情めいて見えても、本当の部分は行き過ぎた憧れ、という感じかと椽は思っていたのだ。

「今は、涼聖殿がいるじゃないですかー。なんで涼聖殿の昇天待ちしてるんですよ。まあ、あと五十年ちょい待てばいいんじゃないかと思うんで」

爽やかな笑顔のまま、悪びれもせずに伽羅は言う。

「じゃあ、涼聖さんはおまえの恋敵ってとこだろ？　それなのにおまえ、よく恋敵と仲良くやっていけてんな」

椽は呆れつつ、呟くように言った。

「最初の頃は、やっぱりちょっといろいろありましたよー。俺も涼聖殿も、互いに存在が気に食わなかったですし。けど、一緒にいる機会が増えるうちに、人としては決して悪い人じゃないっていうか、むしろ涼聖殿、すごいいい人なんですよね」

「ああ、それは分かる」

琥珀は涼聖の恋人というか、むしろ夫婦じゃないかと思うくらいの関係で、その琥珀が育てている陽は、息子みたいなものだろう。

伽羅のことも琥珀がらみで受け入れているのだと思う。

だが、橡は違う。

一度、迷い込んできた陽を助けたことはあるが、それは単純に「迷子の保護」で、礼を言われて終わり、ですむ程度のことだ。

それにもかかわらず、淡雪のことでいろいろ切羽詰まっていた自分にも普通に「俺にできることがあるなら」というスタンスで手助けをしてくれるのだ。

正直に言えば、人間に手助けをされる時が来ると思っていなかった。

橡とて烏天狗、人間からは妖《あやかし》の括りに入れられていることも多いが、神の範疇にある者なのだ。

つまりは、人を助ける側にいるはずなのに、助けられている。

しかし、涼聖は「助けている」という感覚がない。

——稀有《けう》な存在だよな……。

琥珀たちだけならまだしも、自分や、座敷童子《ざしきわらし》のシロ、そして龍神のことも、普通に受け入れているのだ。

そういうところはまったく普通じゃない。

「いい人ってとこに加えて、琥珀殿の思い人じゃないですかー。その涼聖殿とうまくやっていけてるってとこは、琥珀殿の中で俺の印象のポイントアップにつながってると思うんですよねー。なんで、涼聖殿が昇天されたあと、比較的すんなり後釜に入れるんじゃないかなーって思ったりしてて」

黒いことを相変わらず爽やかな笑顔で言ってくる伽羅に、

「思った以上に悪辣なんだな、おまえ」

橡は完全に呆れ顔になる。

「えー、用意周到って言ってくださいよー」

そう返す伽羅の、スプーンを持ったほうの手を、淡雪がてしてしと叩いて食事の催促をし、伽羅は再び淡雪の給仕に戻ったのだった。

4

数日後、橡が倉橋に淡雪の子守りを頼んだ日が来た。

「やあ、淡雪ちゃん。元気にしてたかな？」

昼過ぎに橡が淡雪を連れて香坂家にやって来た時、既に倉橋は来ていて、うさみみのロンパースを着た淡雪を抱いた橡が居間に姿を見せると、そう声をかけた。

倉橋の声に真っ先に反応したのは当然淡雪だ。

「くーし！　くっ、く！」

抱いている橡の腕を邪魔だとばかりに、手足を盛大にばたつかせる。

「こら、淡雪、暴れんな。落とすぞ」

あまりの暴れように、橡は淡雪を抱く手に力を込めたが、淡雪は宙に浮いている自分の足で倉橋に近づこうとでもするかのように、バタバタするのを止めない。

その様子に微笑みながら倉橋は立ち上がり、橡に近づくと、

「橡さん、淡雪ちゃんを預かるよ」

橡の腕から淡雪を抱き取った。

途端淡雪は倉橋にギュッと抱きついて大人しくなる。

「淡雪ちゃんは、本当に倉橋先輩が大好きだな」

涼聖は笑いながら言い、椽に視線を向けると、

「まあ、座ってくれ」

と促す。それに陽はすぐさま自分の隣の座布団を叩いた。

「つるばみさん、ここ、どうぞ！」

にこにこしながら言う。

淡雪が倉橋と会うのを楽しみにしていたように、陽も椽と会うのを楽しみにしていたのだ。

椽はおう、と言うと陽の隣に腰を下ろし、伽羅がすかさず椽の分のお茶を淹れてちゃぶ台に置く。

「椽殿、お昼は食べてきました？」

「ああ、さっきすませてきた」

一応流れに合わせて返すが、椽とて食事は必要としない。ただ、ここにいる大半の者の素性――涼聖と倉橋以外はみんな人間じゃない――を知らない倉橋の手前、そう言っただけだ。

「じゃあ、お茶だけでいいですかー？」

「ああ」

短く返した椽に、

「今日は香坂も休みの日だから、俺の出る幕じゃなかったかもしれないね」

倉橋は苦笑しつつ、言う。

その倉橋の膝の上では淡雪が超満足モードで、倉橋にギュッと抱きついてみたり、顔を見上げて笑ってみたり、軽く足を踏ん張って体を揺らしてみたりと、「会えて嬉しい！」を表現している。

そんな様子を見ながら、

「いや、橡さんの睡眠時間の確保はしてやれるけど、淡雪ちゃんの満足度が段違いだと思う」

涼聖は笑っていい、琥珀も「確かにな」と頷く。

「俺も、ここまで熱烈に歓迎してもらえると嬉しい限りだよ」

倉橋はそう言って、淡雪の頭を撫でると、淡雪はにぃーっと笑って、また倉橋にギュッと抱きつく。

それに目を細めてから、倉橋は橡へと視線を向けた。

「淡雪ちゃんの最近の様子は？　何も変わりないとは香坂から聞いてるけど」

「相変わらず、嫌がらせみてぇに夜泣きすることは多いが、前にくらべりゃマシになったかもしれねぇ。腹が減ってるだけの時は、伽羅が作ってくれる離乳食で満足して泣きやんでくれるから、そこは助かってる。まあ、それ以外は相変わらず意味不明だがな」

実際には空腹なわけではなく、味覚の満足を求めてのことだが、倉橋への説明は空腹にしておいたほうがいいだろう。

橡の言葉に、倉橋は伽羅へと視線をやった。

「ええ、そうなんですよー。橡殿が買い置きしてる市販の離乳食の味に淡雪ちゃんが飽きちゃったみたいで、食べなくなっちゃったらしいんですよねー。それで、ここでおかずを作る時に、ついでに流用して何品か作り置きして冷凍してるんですよー」

伽羅があくまでも「ついで」だと主張して説明する。

実際ついでのことが多いのと、既に料理は伽羅の趣味だったりもするので、おいしく食べてもらえるなら労力はいとわない。

ついでに、橡が買い置きしたにもかかわらず飽きられてしまった離乳食は、伽羅の手によってアレンジを施され、淡雪の離乳食に利用されて、無駄にはなっていない。

「伽羅さんの離乳食か。食育はばっちりそうだね」

「淡雪ちゃんがもう少し大きくなったら、家庭菜園での収穫のお手伝いから一緒に楽しもうと思ってます」

倉橋の言葉に笑顔で答える伽羅は、もはや誰が保護者なのかと問いたくなるほどだ。

「橡さんの体調はどうなのかな?」

次に倉橋は、橡の体調を気にかけた。

「俺は、まあちょっと寝不足な程度だ。特に問題ない」

「寝不足は、淡雪ちゃんの夜泣きで、かな? 寝付けないとか、眠りが浅いとか、そういうのはない?」

まさか、そこまで突っ込んで聞いてくると思っていなかった橡は、

「寝付けねぇってことはない。むしろ寝落ちが基本だからな。眠りの浅さはあるかもしれねぇが、昔からだから、気にしたことはない」

ついうっかり、ごまかすこともせず本当のことを言ってしまう。

自分の正体に気づかれるわけにいかないので、たいていのことはぼやかして深く突っ込んでこ

られないようにしていた橡は、今の自分の言葉が失言ではなかったか、一瞬ひやりとする。

「寝落ちが基本、か。育児の壮絶さが窺える言葉だね」

倉橋はそう言って苦笑すると、

「淡雪ちゃんは、責任を持って預かっておくから、橡さんはゆっくり寝ておいで。若いといっても睡眠時間が足りないのは、あとあと響いてくるからね」

と、促した。

その言葉に、陽が立ち上がり、

「つるばみさん、おやすみしにいこ。おふとん、じゅんびしてあるよ！」

橡の手を掴む。

「ああ、そうするといい」

涼聖も促し、橡はそれじゃあ、と立ち上がると、陽と一緒に居間をあとにした。

しばらくすると、陽が居間に戻ってきて、淡雪が来たら見せるのだと言って準備していた佐々木たちの新作のおもちゃをちゃぶ台の上に置いた。

「あわゆきちゃん、あひるさんのおやこだよ」

それは、大中小のアヒルの形をした木の板を紐《ひも》でつなげ、足の部分にコマをつけたおもちゃだ。

「ほら、みんなついてくるの」

陽が先頭の母アヒルを引っ張ると、当然、後ろのアヒルたちも連なって動く。

それは当たり前のことなのだが、淡雪は目を輝かせた。

「あー、ぁっ！　あ！」

手を伸ばして、アヒルを摑もうとする。それを見て、陽はアヒルの親子を淡雪のすぐ前に置く。

淡雪はちょこんと収まっていた倉橋の膝の上から立ち上がろうと踏ん張るが、高速ハイハイを身につけているとはいえ、まだ摑まり立ちも危うい。

だが、立ちたいという意思を汲み取った倉橋は、淡雪の腰のあたりをしっかりと摑んで立つ補助をした。

「あー…、あ！」

立ち上がり、アヒルのおもちゃを手にした淡雪は、ご機嫌な様子でアヒルを動かす。

短い淡雪の腕では動く範囲も狭いのだが、それでも三つが連なって動くのが面白いらしく、行ったり来たりを繰り返させる。

「あわゆきちゃん、きにいった？」

陽が声をかけるが、淡雪は視線をアヒルに向け、無心で動かしている。

「返事ができないくらい夢中みたいだね」

倉橋が言う。

「あひるさんはね、あわゆきちゃんにあげようとおもってたの」

「陽、よいのか？」

陽に、と佐々木たちがくれたものだ。だから陽が誰かにやってしまったとしても、陽の自由だとは思うが、少しひっかかるものがあり、琥珀は問い返す。

それに、陽は頷いた。

「あのね、おじいちゃんたちが、きつねさんのと、うさぎさんのと、あと、きかんしゃのもくれたでしょう？　それでね、あひるさんは、あわゆきちゃんにあげたいなっておもって、おともだちにあげてもいい？　ってきいたら、いいよって」

どうやら既に佐々木たちには譲渡するかもということを伝えてあるらしい。

陽の言葉に琥珀は納得し、倉橋は、

「陽くんは相変わらずみんなに愛されてるね。他のも見せてくれるかい？」

と、頼む。それに陽は笑顔で頷くとまた部屋に戻って、もらったおもちゃを全部持ってきた。

「これがうさぎさんで、これがきつねさん。きつねさんは、ボクがおねがいして、つくってもらったの」

うさぎも狐も、子供向けに可愛らしく作ってあったが、耳の傾きを変えてあったり、尻尾の高さを変えてあったりして、やはり凝ったところがある。

その中でも一番凝っているのは機関車――つまり、ＳＬだ。

「これは……子供向け、なのかな？」

片方の手に淡雪の腰をしっかりと摑み、もう片方の手で機関車を持った倉橋がまじまじと見入りながら呟く。

それもそのはずで、実際のＳＬと比べればいろんなパーツを簡易的にしてあるが、それでも子供向けと言うにはパーツも多く、精緻《せいち》で凝った作りだ。

「はたなかのおじいちゃんがつくったの。はたなかのおじいちゃんは、でんしゃとかすきなんだって。おしゃしんも、いっぱいもってるんだよ」

陽が説明するのに、琥珀も頷き、

「畑中《はたなか》殿の父上が、鉄道の仕事についていらしてな。畑中殿は子供の頃から鉄道に親しんでいらしたらしい」

と、言葉を添える。

「ああ、それで」

倉橋が納得すると、

「関《せき》さんの工務店、おもちゃ販売の窓口になってるでしょう？　やっぱりこれも新作としてネットにあげたら注文がかなり入ったって。特にＳＬは大人からの注文がすごいらしくて、もう既に受付停止になってます」

涼聖も説明を補足する。

「分かるよ。動物のは、子供が好きそうだし、やっぱり木のおもちゃは感触がいいからね。それにＳＬは、飾っておきたくなるね」

倉橋はそう言ったあと、

「佐々木さんの本業の宮大工の仕事も、わりとあるみたいだし、あの年齢で現役っていうのはうらやましい限りだよ」

感心したように言う。

修理の仕事が多いのだが、孝太が自分や佐々木たちの仕事をＳＮＳにまめに投稿していて、そこから佐々木たちのことを知り――もちろん、大人のツリーハウス友の会の会合という名のバーベキューや釣り大会などの様子もかなり含むが――そこから関のホームページに誘導されてくる客もかなり多い。

「佐々木さんの腕は確かですからね。うちの祠の引っ越しの時に世話をしてくれた神主さんも、機会があるごとに紹介してくれてるみたいで……」

後継者にと思っていた息子を事故で亡くし、妻にも先立たれたあとは、年金で食べていくのには困らないからと開店休業状態だった佐々木だが、孝太という弟子が来たこともあり、現役復帰し、以前よりも若々しく見える。

「集落のおばあちゃんたちもすごいですよー」

と、伽羅が話しだす。

伽羅の家の、以前黒曜《こくよう》が落ちてきた納屋は、今、伽羅の神社にお参りをするシゲルの会社の社員やその家族たちの休憩所として開放されている。

殺風景だからと、手仕事の好きな集落のおばあちゃんたちの手作りの小物などを飾っておいていたところ、売り物ではないのかと聞かれることが多かった。

売り物だとしたらいくらくらいで買いますか、と冗談で聞いたところ、結構いい値段を提示された。

色違いでほしい、だとか、こういう感じのは作れないか、などいろいろと言ってきたので、思い切っておばあちゃんたちに販売をしてみないかと伽羅は持ちかけてみた。

趣味で作っているだけなのに、こんなものが売れるのかと半信半疑な彼女たちから、作りためてあるものをいくつか預かって、値札をつけておいたところ、わりと売れた。

参拝客の数自体が少ないので、売り上げとしては微々たるものなのだが、友達に頼まれた、だの、親戚の子供に、だのと、リピーターも多い。

「冬なんか、陽ちゃんがおばあちゃんたちの手作りコレクションのモデル状態じゃないですかー。そしたら、陽ちゃんの可愛さもあって、大人サイズで作ってください！　とかいろいろ注文があってすごかったんですよー」

生活が潤うほどの売り上げではないにしても、作ることを楽しんでいる彼女たちにとって、自分の作品を喜んでくれる人がいるということは励みになるらしいし、それで得たお金で材料を購入できるので、作製にもかなり熱が入っている。

「思うんだけど、それってここや、上の神社のお稲荷さんの御利益なのかな？」

倉橋が笑いながら言うのに、伽羅は真面目ぶった顔で頷いた。

「あるかもしれませんよー。倉橋先生も何かあったら、ぜひ」

「けれど、お稲荷さんは商売繁盛だからね。医者の商売繁盛ってちょっと考えものだね」

そう返した倉橋に、琥珀は笑った。

「倉橋殿も涼聖殿と同じことをおっしゃる」

「そりゃそうだろ。医者の仕事が増えるっていうのは、あまりいい話じゃない気がするからな」

涼聖が言うのに、伽羅は、

「じゃあ、こういうのどうです？　倉橋先生と涼聖殿が二人で画期的な治療薬を見つけて、患者さんが短期間でバリバリ回復。薬の特許で大金持ち、みたいな」

目を輝かせて言う。

「ああ、それはいいね」

「でしょう？　ぜひあとでここのお庭のお稲荷様にお参りしてくださいよー」

にこにこしながら言う伽羅は、それが無茶ぶりであることに気づいていないらしい。

もちろん、ノリでかけられた願い事などは無視をすればいいのだが、仮に本気だった場合のことを考えて琥珀は一つ息を吐いた。

「医薬に関することは、稲荷ではなく、大国主命《おおくにぬしのみこと》や少彦名命《すくなびこなのみこと》の管轄ではないか？」

基本的にどの神に参ってもオールマイティーに取り扱うことが多いが、やはり得意分野というか、担当分野がある。

琥珀も、本気で祈られればそうなるようにするが、琥珀の手出しできる範囲を超える専門的なものは、それを担当する神に委ねることになるので、最初から担当する神の許に行ったほうが早いのだ。

「ああ、それもそうだな。風邪をひいたっていって、歯医者に行っても仕方がないしな」

涼聖が笑うと、倉橋も笑って頷いた。

「確かにそうだね。……でも、琥珀さんは神様に詳しいんですね」

付け足された倉橋の言葉に、琥珀は動揺する。

倉橋の中で琥珀は「日本びいきの外国人」という設定だったのだ。

一瞬どう返そうか迷ったが、

「琥珀は日本を超リスペクトしてるからな。わりといろいろ詳しいぞ」

すぐさま涼聖がフォローする。

「日本人よりも日本のことをよく知ってる外国の人は多いね。テレビなんかで見て感心することが多いけど、まさかこんな身近にもいたなんてね」

そう言うと倉橋は納得してくれて、琥珀はそっと胸を撫で下ろしたのだった。


橡が起きてきたのは三時間ほどしてからだった。

居間に戻って来た時、倉橋の姿はなかった。

いたのは琥珀と陽と淡雪で、淡雪は琥珀の膝の上に座って、陽が見本を見せるようにやっている人気アニメのエンディングである「モンスーン体操」を、真似するように手や足を動かしていた。

「橡殿、お目覚めか」

琥珀が声をかける。

「ああ。……倉橋さんは？　帰ったのか？」

メモでは六時まで呼び出しからも外れている休みで、そのあとは呼び出しつきの休みだったように記憶していた。

時刻は四時過ぎで、まだ少し時間があるはずだ。

「いや、厠《かわや》に行っておいでだ」

琥珀が返すと、間もなく倉橋が居間へと戻って来た。

「橡さん、もう起きたのかい？　もう少し眠っていていいのに」

倉橋はそう言うと腰を下ろし、琥珀から淡雪を受け取る。

「淡雪ちゃんはいい子にしてたよ」

「それは、倉橋さんがいるからだ。いたずらもしねぇでいい子にしてるなんて、普段のこいつからは想像できないからな」

橡は言いながら淡雪を見るが、淡雪は「だれのこと？　いつもいいこだもん」とでも言いたげに、にこにこしている。

「あわゆきちゃんは、くらはしせんせいのことだいすきだから、いっしょにいられるときは、ねたりしないで、ずっとくらはしせんせいのそばにいたいんだよ」

陽がさらりと言うのに、倉橋は微笑む。

「だから今日はずっと起きててくれたのかな？」

倉橋の言葉を理解しているのかは分からないが、淡雪は嬉しそうにしている。

実際、淡雪は少しも昼寝をしていない。

陽と一緒に、倉橋に絵本を読んでもらったり、少し散歩に出かけたり、その間もずっと起きていたのだ。

「ずっと起きてたんなら、今夜は朝まで寝てくれそうだ……」

安堵した様子で橡が言った時、居間に伽羅が戻って来た。

「あー、橡殿起きてきたんですね。じゃあ、ちょっと早いですけど夕食の準備はじめますか？」

どうやら伽羅は台所にいたらしい。

「いや、飯は……」

例のごとく断ろうとする橡に、

「倉橋先生が六時までは呼び出しなしの時間なんで、それまでにって思ってるんですよー。みんなが食べるなか橡殿だけ食べないってなると、こっちが気まずいんで」

伽羅は、断ることなど認めぬと言外に含ませる。陽も、

「つるばみさんも、いっしょにごはんたべよ？　きゃらさん、きょうは、いろんなあじのからあげつくってくれてるの」

と、誘う。

「……いつも悪《わり》ぃ」

橡も別に、食事をしないと決めているわけではなく、そこまで世話になるのはどうかと思うので辞退しているだけなので、遠回しながら了承する。

「じゃあ、準備しますねー。涼聖殿もそのうち戻ってくると思いますし」

「涼聖さん、どうかしたのか？」

姿がないのには気づいていたが、別の部屋にいるのだろうと思っていた。

「いつも往診に行っている患者から、少し気になる症状が出ているからと連絡があってな。電話で聞いた分には心配はなさそうだったが、涼聖殿が行けば安心されるゆえ」

集落のただ一人の医師である涼聖のことを、住民もみんな気遣ってくれていて、休みの日は多少のことであれば呼び出したりはせずにいてくれている。

その上で、敢えて電話をしてきたのだから、心配のなさそうな症状でも、不安だろうと出かけていったのだ。

「香坂は相変わらずだと思うよ」

倉橋が呟くように言うのに、

「倉橋殿も同じようにされるだろうと思うが」

琥珀が微笑みながら返すと、倉橋は苦笑する。

「線引きは大事だということも、一応は理解してるんだけど、どうしてもね。後悔することになるならと……性分だね、これは」

「お二人とも優しいですからねー。じゃあ、俺、夕食の準備してきます」

伽羅がそう言って台所に向かうと、陽が立ち上がり、

「ボク、おてつだいする！」

と伽羅のあとを追う。それに、

「伽羅殿、私も何か……」

と琥珀が言いかけたが、伽羅は数歩足を戻して居間に顔だけを覗かせると、

「琥珀殿にお手伝いしてもらうわけにはいきませんよー。座って待っててください。涼聖殿が戻ってきたら手伝ってもらいますから」

そう言って、陽と一緒に台所へと消えていった。

「……この家での香坂の立ち位置が分かる発言だったたな」

倉橋が笑って言った時、涼聖の車が戻ってくる音が聞こえ、その数分後、伽羅の言葉通り涼聖は台所で夕食作りに参加していたのだった。

◇◆◇

夕食は陽がリクエストをした「いろいろな味のから揚げ」がメインだったが、野菜がたっぷりのミネストローネに、ナスとトマトの味噌炒《みそいた》め、それからほうれん草のおひたしと、野菜もたくさん取れるメニューになっていた。

もちろん淡雪の離乳食も準備済みだ。

「このから揚げ……チーズか？」

四種類の味がある、と伽羅は言っていたが何味かは食べてからのお楽しみだと言って教えず、

よって、食べながら当てるクイズが始まる。

「正解！　粉チーズをまぶしたのがあります」

首をかしげながら言う涼聖に、伽羅が答える。

「これ、カレーだ！」

陽が笑顔で言う。

「それも正解です。あと二種類、当ててくださいねー」

伽羅はにこにこしながら、食事の間、膝の上に預かった淡雪に離乳食を食べさせる。

預かった理由は、倉橋が食べるのに時間がかかっていると、食事の途中で病院から呼び出しが入る可能性があるからだ。

淡雪は伽羅の膝の上に移動した時は少し抗議するような声を出したが、離乳食を口に運ばれると機嫌を直した。

「淡雪ちゃんは、食欲もあるし、生育に問題はなさそうでよかったよ。安心した」

嬉しそうに離乳食を食べる淡雪を見ながら、倉橋は言う。

「橡さんが一生懸命世話を見てるからだな」

涼聖の言葉に、琥珀と伽羅も頷く。

倉橋も同意のようで、頷きながら、

「橡さんの仕事が何かは知らないけれど、淡雪ちゃんの世話もあるから大変だろう？　仕事の間、淡雪ちゃんは誰かに見てもらってるのかな？　それとも職場に同伴？」

探りを入れるというよりは心配している様子で聞いた。

「あー……友人が」

本当は、部下というか手下の烏たちが交代で、淡雪のいたずらに戦々恐々としながら見てくれているのだが、無難に友人が、と伝えておく。

だが、その返事に倉橋は、

「友達？　恋人じゃなく？」

笑いながら問い返す。

「違います」

橡はすぐに否定する。

「そういう相手はいないのかな？　格好いいからモテるだろうに」

意外そうな顔をして言う倉橋に続き、

「そうですよー。橡殿、絶対モテるでしょ？」

と伽羅が話を膨らませようとする。その伽羅に倉橋は、

「そういう伽羅さんもずいぶんとモテるんじゃないのかな？　料理がうまくて面倒見のいいイケメンなんて、女の子が放っておかないだろう？」

と、今度は伽羅に話を振った。

だが、伽羅は頭を横に振る。

「俺は、胸に期するものがあって、今は特定の相手や深い仲になる相手を作らないようにしてる

んですよー」

「意味深だね。理由を聞いてもいいのかな？」

倉橋が理由を聞くのに、琥珀はちらりと伽羅を見やり「滅多なことを言うのではないぞ」と視線で告げ、涼聖も「おまえ、分かってんだろうな」といった目で伽羅を見た。

そんな二人の視線を受けながら、

「俺、今は集落のおばあちゃんたちの第二アイドルじゃないですか。やっぱり、アイドルは恋愛禁止だと思うんですよねー」

伽羅はわざと真面目な顔をして言う。

「伽羅さんが二番手でいいなんて。奥ゆかしいんだね」

倉橋が意外そうに返すのに、

「永遠のセンターは陽ちゃんですからねー。到底敵いません」

伽羅がそう言うと、全員が納得した。

「そりゃそうだな。集落で携帯電話を持ってる人の八割くらいは陽の写真を持ってそうだからな」

涼聖が言うのに、

「いや、九割はカタいと思います」

伽羅が真剣な顔で返す。

「集落で幼子と言えば、陽しかおらぬからな。皆、可愛がってくれている」

琥珀が言うのに、陽は頷き、

「みんな、やさしいの。だからボクも、みんなだいすき」

まったく打算のない、素直さで愛を表現する。

「ほらー、こういうところが永遠のセンターの所以《ゆえん》なんですよー」

俺なんか足元にも及びません、とおどけた伽羅は、

「倉橋先生も病院でアイドルなんじゃないですかー？　かなりモテそうですけど、恋人とかそのあたりどうなんですか？」

流れと勢いを利用して問う。

その問いに、椽は知らずのうちに身構え、倉橋を見た。だが倉橋は笑って、

「今はいないね」

さらりと答える。

倉橋の返事にほっとしていることに椽が気づくより早く、

「今はってことは、昔はいたんですよね？」

さらに伽羅が突っ込む。

「皆無ってわけじゃないね。医者って肩書だけでも近づいてくる女性はいたから。でも、忙しすぎてデートのキャンセルが続いたら、ある日メールで別れを切り出されて終了ってパターンがほとんどかな。まあ、それは香坂も経験済みだと思うけど」

倉橋は答えたついでに涼聖に水を向け、涼聖は苦笑した。

「容赦なく古傷抉《えぐ》りますね」

「傷にすらなってない癖によく言う」

倉橋は笑いながら言ったあと、椽に視線を向けた。

「もし、椽さんに想う相手ができたら、迷わないほうがいい。いろいろと問題があったり、背負う物もあると思うけれど、君自身の人生を大事にすることを忘れちゃいけないと思うよ」

そう助言する。

その言葉にどう返していいのか椽が分からずにいると、

「自分で太刀打ちできないと思うようなことがあれば、周りに遠慮なく助けを求めたほうがいい。香坂でも、俺でも」

具体的に何についてとまでは言及せずとも、心配しているということだけを告げる倉橋に椽は軽く頭を下げ、

「ありがとう…ございます」

礼を言う。それを茶化すわけではないが、シリアスな雰囲気になって、会話が止まると気まずくなることを懸念した伽羅は、

「そうですよー。これって想う相手がいたらガンガンいっちゃったほうがいいですよー。まあ、前提として、淡雪ちゃんのお眼鏡にかなう相手であるっていうのがつくと思いますけど」

と明るい声で言い、「ねー」と膝の上で離乳食を堪能している淡雪に同意を求める。

何を言われているのか理解はしていないだろうが、倉橋がそばにいるのと、離乳食がおいしいのとでご機嫌な淡雪は、キャッキャと嬉しそうに笑った。

「淡雪殿のお眼鏡にかなう、という大前提が一番の難問のようだが」

微笑みながら言う琥珀に、涼聖と伽羅は頷いた。

「今のところ、淡雪ちゃんのお眼鏡に一番かなってるのは倉橋先生ですかねー。二番手は俺だと思いますけど、主にシェフとしてですし、そもそも俺は恋愛禁止の身ですから」

伽羅はそこまで言ってから倉橋に視線を向けた。

「倉橋先生、この際年下男子ってどうですか？」

話の流れと伽羅の口調からして冗談だというのは分かるが、橡は慌てた。

「伽羅…おまえ何、わけの分かんねぇこと……」

そう言って話を止めようとするが、当の倉橋は笑って、

「それは名案かもしれないね。橡さんはイケメンだし、可愛い淡雪ちゃんがついてくるなら、尚のこと」

と返してくる。

倉橋の返事も冗談の延長上にあるものだというのは、橡とて理解していたが、なぜかその返事に喜んでいる自分がいるのに気づいた。

気づいた途端、自分が何を考えているのか分からなくなって戸惑っていると、突然倉橋の携帯電話が鳴った。

「ちょっと失礼」

倉橋は断りを入れて電話に出る。その顔が少し険しいものになった。

「ああ……、分かった。いや、大丈夫。すぐに行くよ。できるだけ急ぐ」

そう言って電話を切ると、

「幹線道路の多重事故で急患がなだれ込みだ。行ってくるよ」

みんなに説明する。

時計を見るとまだ六時にはなっておらず、この時間はまだ呼び出し対応から外れていたはずだがそうも言っていられない人数なのだろう。

「俺も行きましょうか？」

緊急事態であるのを察して涼聖が言うが、

「ありがたいが気持ちだけ受け取っておく。こっちで何かあった時に対応できるおまえがいないと、そのほうが問題だからな」

倉橋はそう返して立ち上がる。

倉橋が帰る気配を察した淡雪は、

「うー……」

眉根を寄せて、倉橋を見上げた。

――あ、このまま泣くパターンだ……。

淡雪のパターンを知っている橡、伽羅、涼聖、琥珀の四人は「くるぞ」と身構えた。

だが、淡雪の表情に倉橋は一度膝をつくと、

「淡雪ちゃん、怪我をして困ってる患者さんがいるから、行くよ。また今度ゆっくり遊ぼうね」

優しく声をかけ、頭を撫でる。

淡雪は、むぅぅ、という顔をしていたが、倉橋が再び立ち上がっても泣き出さなかった。

病院へと向かう倉橋を全員で玄関先まで見送ったが、その時も淡雪は泣き出さず、

「倉橋さん、すげぇな……」

倉橋の車のテールランプが、香坂家の前の坂道を下っていくのを見ながら橡が呟く。

「淡雪殿は利発なお子だから、倉橋殿の事情を汲み取られたのだろう」

琥珀は、伽羅に抱かれたまま、橡と同じように倉橋の車のテールランプを見ている淡雪の頭を撫でた。

「りょうせいさんも、おひるま、おしごとだったけど、くらはしせんせいも、いそがしいね」

その中、陽が思案げに言う。

「それが二人の仕事だからな」

琥珀が返すと、陽は、

「びょうきになったり、おけがをしたりするひとがいなくなったら、くらはしせんせいもゆっくりできるのかな」

真剣な顔で言う。

「そうなったら、俺の仕事がなくなるなぁ」

涼聖が笑みを浮かべて返すと、陽は、

「あ、そっか！」

めいあんだとおもったのに、と続ける。

そんな陽の頭を涼聖は撫で、

「いや。陽の言うように病気をする人も、怪我をする人もいなくなる時がくればいいいな。医者って職業がなくなっていいような、そんな世の中が」

穏やかな声で言うと、

「さあ、中に戻ろうか」

とみんなを促す。

そして連れだって居間に戻った涼聖は、そこにいるものを見て脱力した。

なぜなら、人の姿に戻った龍神が倉橋の座っていた場所に腰を下ろし、料理を堪能中だったからだ。

「おまえ……」

呆れてそれしか言えない涼聖に、

「伽羅はまた腕を上げたな……。このから揚げはバジルか」

褒めつつ、回答の出ていなかったから揚げの三つ目の味を当てる。

「ホント歪みないですね、龍神殿……。正解ですけど」

伽羅も同じく呆れるしかなく、琥珀は苦笑する。

「あのね、これもおいしかったよ！」

陽は陽で、ナスとトマトの味噌炒めを指差して言ったあと、

「あ、シロちゃんもよんでこなくちゃ！」

と、倉橋が来ている間、ずっと姿を隠していたシロを呼びに自分の部屋へと向かったのだった。

5

龍神、シロを交えての食事が終わり、椽は帰ることにした。

「今日も世話になったな。じゃあ、帰る」

スリングに淡雪を入れた椽が、既に夜で人目もないことから、玄関先から飛んで帰ろうとするのを、

「あ、椽殿。ちょっと相談って言うか、話があるんで少し歩きませんかー？」

伽羅がそう言って呼びとめた。

「あ？　なんだよ」

「まあ、歩きながらってことで。ちょっと見送りがてら話してきますねー」

伽羅は、見送りに出ていた面々に言うと、椽と一緒に門を出て山道へと向かった。

「話ってなんだよ」

香坂家を少し離れ、山道に入ったところで椽は足を止め、聞いた。

みんながいるところではできなかった話となれば、深刻なものなのだろう。

深刻な話を抱えていたとしても、聞かせたくない相手がいればそれをおくびにも出さないという芸当を持っているのが伽羅だ。

そのため、椽はある程度覚悟をして聞いた——のだが、

「倉橋先生、恋人がいらっしゃらないみたいでよかったですね」

にっこり笑って伽羅は言ったが、思ってもいなかった言葉に、橡は戸惑う。

「俺に関係ねぇだろ？　あの人に恋人がいようがいまいが」

「えー！　そんなこと言っちゃいます？」

伽羅は大袈裟なほどに呆れてみせた。

「そんなことって、なんだよ」

「だって、倉橋先生が恋人はいないって言った時、橡殿、すごく安心したような顔、してましたよ？」

「はぁ？　俺が？」

首を傾げる橡に、伽羅ははっきりと頷くと、

「ええ。第一、今日だけじゃなくて、この前だって倉橋先生の話題が出るたびに、いちいち様子がおかしかったですよ。……恋してるんじゃないんですかー？」

とんでもない爆弾を投下してきた。

想像すらしていなかったキーワードに橡は戸惑うどころではなく、素になる。

「恋って……、あの人、男だぞ？」

あり得ねぇだろ、と続けようとしたのだが、それより先に伽羅が口を開いた。

「それ言ったら、俺も琥珀殿も涼聖殿も、みんな男ですよ？　橡殿だって、男色が現役だった時代をリアルに知ってるじゃないですかー」

「いや、知ってるけどよ……」

日本ではそれが文化として根付いていた時代があった。それは知っている。

「けど、だからって俺があの人にどうこうっていうのにはつながらねぇだろ？　それにあの人だって」

知っているのと、自分がそうだというのとの間にはかなりの隔たりがあるし、倉橋に至っては男色——現代ではそういう言い方をしないらしいが——が、一般的ではない時代に生まれ育っているのだから、隔たりどころではない気がする。

しかし伽羅は、

「倉橋先生もまんざらでもないって言ったら語弊があるかもですけど、あんまり拒否感ないっぽい感じでしたよ？　橡殿のことどうですかって聞いたら、名案だって言ってたじゃないですか」

それは覚えているし、何となく嬉しかったのも認める——が、

「それはあの流れでの冗談だろ」

本気での発言などとは到底思えないし、思ってはいけないと思う。

「もちろん、流れに乗っての返事だとは思いますけど、本気で拒否だったら『俺にはもったいない相手だね』とかなんとか言って断るくらいの芸当ができる人ですよ」

伽羅は「憎からず思っているだろう」と匂わせてくる。

しかし、橡はそれを信じられるわけもなく、返事もできなければ、どう反応していいかも分からなかった。

そんな椽に、

「本当に倉橋先生に、少しもそういう思いを抱いてないっていうならいいですけど、いつまでもここにいる人じゃないみたいですからね」

伽羅はため息をつきつつ言う。

「どういうことだ?」

「倉橋先生は、もともと期間限定って約束でこっちの病院に来てるんですよ。もう、最初に約束してた期限はとっくに過ぎてて、今は戻ってこいって要請をのらりくらりと躱してこっちに残ってるってだけなんです。それだっていつまで通用するか……」

初めて聞いた事情に椽は押し黙る。

そんな椽に、

「余計なおせっかいですけど、ちょっとでも何かしら心が動くんだったら、真面目に考えたほうがいいですよー。そうじゃなくても倉橋先生は人間で、俺たちよりもはるかに寿命が短いんですから」

伽羅は言うと、「話ってのはこれで終わりです。じゃあ、おやすみなさーい」とひらひらと手を振って、さっさと来た道を戻って行く。

その後ろ姿を見ながら、椽は困惑してしばらくの間立ちつくしていた。

伽羅が香坂家に戻ってくると、涼聖が台所で食器を洗っていた。

「あ、涼聖殿、俺、代わりますよー」

伽羅はすぐに腕まくりをして代わろうとしたが、

「いや、いつもおまえにさせてるし、もう終わりだから」

涼聖は皿洗いを続ける。

「じゃあ、お言葉に甘えて。琥珀殿と陽ちゃんは、お風呂ですか？」

「シロもな。ついでに龍神はさっさと金魚鉢に戻った。……橡さんになんかあったのか？」

わざわざ二人で話を、と言ったので気にしているらしい。

「橡殿にって言うか、山のことでちょっと相談があったんですよー」

本当のことを言えるわけもないので、もっともらしいことでごまかすと、涼聖は神様同士の話だと思ってくれたらしく、そうか、とだけ言い深くは聞いてこなかった。

涼聖は、普段からそういうところがある。

琥珀と伽羅が話していても、それがいわゆる「神同士」の案件であれば基本的に首を突っ込んでこない。

涼聖にとっては、分からない世界の話でもあるし、自分で何かができるわけでもないので、中途半端に口を挟んだりするのは邪魔になると思っている様子だ。

——気になることもたまにはあると思うんですけど、それが涼聖殿のいいところですよねー。

琥珀を巡っては、恋敵という間柄だが、涼聖にいいところが多くあるのは伽羅とて認めるところだ。

だからこそ、涼聖が天寿を全うするのを待とうと思っているのだ。

「そういえば、涼聖殿もやっぱりモテたんですねー」

皿洗いを続ける涼聖を見ながら伽羅は言う。

「なんだよ、急に」

「食事の時に倉橋先生が話してたのを思い出して」

「医者って職業が人気だっただけだ」

笑って返す涼聖に、「またまたー」と、それだけじゃないでしょ、という意味合いを込めて伽羅は言ったが、

「大学病院やめて、こっちで診療所やるって決めたら、途端に身辺が静かになったからな。出世の見込みのない男は用がねぇってことだ」

涼聖はさらりと当時の状況を口にする。

「うわー、分かりやす過ぎ」

人の欲望というものについては、願いを叶える側である伽羅も充分知っているが、分かりやす過ぎて少し呆れた。

「まあ、おかげで琥珀と出会えて、今、めちゃくちゃ幸せだから、俺的にはラッキーだけどな」

そう言って笑う涼聖に、

「その幸せ、マジで分けてくださいよー」

伽羅は真剣な顔で訴える。

「分けるわけねぇだろ」

「せめて、一日一度、頭を撫でてもらうのくらい許可してくださいよー！」

「それを許可したら、そのうち一週間に一回、ハグを許可しろとか言いだすだろ？」

「むしろ一日に一度、頭撫でてもらうのを我慢しますから、一ヶ月に一度、十秒間だけハグさせてくださいよ！」

「だから、頭撫でてもらうのも許可しねえっつってんだよ」

「こんなささやかな願いなのに！」

伽羅は憤慨してみせるがわざとだ。現に、

「おふろでたよー」

琥珀より一足先に風呂から上がる陽の声が聞こえた途端、

「あ、俺、行ってきますねー」

即座に保護者モードに切り替わり風呂場へと向かう。

「おう、よろしくな」

涼聖は笑いつつ、最後の皿を洗い上げた。

琥珀が風呂から上がってくる頃には、陽を寝かしつけた伽羅が涼聖のいる居間に戻ってきていた。

「涼聖殿、お風呂どうぞー。俺、琥珀殿の髪を乾かして帰りますから」

そういう伽羅に甘えて、涼聖は風呂に向かう。

琥珀のドライヤー嫌いは相変わらずで、伽羅がいる時は琥珀の髪を乾かすのは彼の役目になっているので、涼聖も琥珀も、もう当然のようにそれを受け入れている。

琥珀と二人きりになったからといって、伽羅が琥珀に対して不埒なことをすることは、今となってはない。

したが最後、琥珀に嫌われることを理解しているからだ。

それは伽羅が一番恐れていることだろう。

だからこそ「涼聖殿の後釜を狙うことにしたんです」などと笑顔で宣言するに至ったのだ。

そう決めた伽羅は、そういう意味合いで琥珀とは接していない。時折甘えた姿を見せるところがあるが、それは陽が琥珀に懐くのと似た意味合いだということが分かっているので、涼聖も目くじらは立てない。

もちろん、目の前であからさまだったり、懐く時間が無駄に長ければ無理に引き剝《は》がすわけだが、それはそこまでが一セットになった様式美のようなものだ。

こうなるまでには多少の諍いはあったが、今はいい関係を築けていると思う。

——俺もあいつも、琥珀の悩みにはなりたくねぇしな……。

涼聖はそこまで考えて、あとで琥珀の部屋に行くことを決めた。

そして決めた通り、風呂から上がり身支度をしてから琥珀の部屋へと向かう。

伽羅は既に帰った様子で居間の灯りは消えていたが、琥珀は起きているのか居間に面した琥珀の部屋からは、襖戸の隙間から灯りが漏れていた。

「琥珀、ちょっといいか」

声をかけると、ああ、と中から返事があり、涼聖は襖戸を開けて部屋に入った。

寝支度を終えた琥珀は、布団の上に座し、伽羅から借りている文献を読んでいるところだった。

「悪い、読書中だったか」

「いや、かまわぬ。一度読んだものに目を通していただけだ」

琥珀はそう言うと文献を閉じ、畳の上に置く。

穏やかな顔で問う琥珀に向かい合うようにして、涼聖は畳の上に胡坐をかいた。

「どうかしたのか?」

「夕飯の時のことなんだが」

「何か気になることがあったか?」

切りだされた「夕食の時」に起きたことや、出ていたおかずなどに琥珀は気にかかるようなことがなかったので、涼聖が何を言おうとしているのか計りかねた。

「気になるっていうか……」

涼聖は少し歯切れの悪そうな物言いをしたあと、小さく息を吐いて、思いきった様子で言葉を続けた。

「コイバナみたいなの、あっただろ？」

「コイバナ？」

琥珀は首を傾げる。その様子に涼聖は言い直した。

「あー、倉橋先輩とか俺の、過去の恋愛の話」

「それがどうかしたのか」

「コイバナ」というのが「恋の話」の略だということは言い直されて分かったが、その「コイバナ」が一体自分と何の関係があるのか、琥珀には分からなかった。

「俺はどうもしねえけど、昔の話っつっても、おまえが気を悪くしなかったかと思っただけだ。……今のおまえの様子を見る限りじゃ、杞憂《きゆう》だったみたいだけどな」

涼聖が多少居心地悪そうに言う。

「私と出会う前の話だし、恋をすること自体は、年頃であれば自然な欲求だろう」

自分と深い仲になってから、他の者に目移りをしたというようなことであれば、怒りや嫉妬を感じただろうが、過去の終わった話に感情を動かされることはない。

だから気にするなというつもりで言ったのだが、

「そうだけど、おまえは違っただろ？　一人エッチすらしたことなか……っ」

涼聖が自分と比較して過去の琥珀の――蒸し返されたいとは思わない――ことを持ちだしたので、

「その必要を感じなかったからだ！」

琥珀は慌てて、言葉を遮るように言った。

その声は思いのほか大きかったらしく、涼聖は自分の唇の前に人差し指を立て「シー」と声を落とすように促すと、

「いや、だから、おまえがまっさらなのに、悪かったかなーとかちょっと思うっていうか……」

と続ける。

「何とも思ってはおらぬから気遣ってくれずともかまわぬ」

どうにもこの手の話題が苦手な琥珀は、ぶっきらぼうに返した。

「それはそれで寂しいんだぞ?」

そう言って笑った涼聖は、

「過去は変えようはないけど、これからはもう最後までおまえだけだから」

そっと琥珀のほうへと手をついて顔を近づける。そして頰に軽く唇を触れさせた。

「……それは、分かっておる」

照れているのか、返ってきた声はやはりぶっきらぼうで、涼聖はそれが可愛くてならなかった。

「もの分かりのいいついでに、このまま俺に口説かれてくれないか?」

そっと耳元に口を寄せて囁くと、琥珀の体が小さく震えた。

「明日は診療所があるのだぞ」

「悪い、その呪文だけじゃ効かないみたいだ」

涼聖は笑って言うと立ち上がり、琥珀へと手を差し出す。

その涼聖の様子を、羞恥と愛しさがないまぜになった複雑な顔で見上げた琥珀は、小さく息を吐くと黙ってその手を取った。


触れる素肌の感触と体温は心地がいい。

そう感じる自分を恥じるつもりはないが、恥ずかしくないわけではないという微妙な心持ちはいつになっても消えようとはしない。

これればかりは自分に拠るところなのだろうと琥珀は思う。

ついばむよう口づけを繰り返していた涼聖は、少し角度を変えると琥珀の唇に甘く歯を立てた。

そして歯を立てた跡をいたわるように舐めてから、琥珀の咥内《こうない》に舌を滑り込ませると、戸惑ってじっとしている琥珀の舌と絡め合わせる。

ちゅぷ、と濡《ぬ》れた音に琥珀は羞恥を煽《あお》られるが、涼聖は絡め合わせた舌を吸い上げて、自身の咥内へと誘いこんだかと思えば、舌に歯を立てたり、また琥珀の咥内を舐め回したり、気まぐれに思える愛撫《あいぶ》を繰り返した。

それに翻弄される琥珀の胸へと涼聖は手を伸ばし、つつましやかに尖っている乳首を指先で軽くつまむ。

「……っ…あ」

唇の合わせ目から琥珀の声が漏れるが、涼聖はかまわず指先で擦り合わせるようにして愛撫を

強める。

最初は、触れられても何も感じなかったし、女性ではないのにと、胸への愛撫に抵抗があったが何度も涼聖に愛されるうちにそこで感じてしまうようになった。

ピリピリと小さな電流が走るような感覚がすぐに強くなって、腰奥まで響くようになる。

「……ん…ぅ……っ、…ん……あっ、あ」

不意に唇が離れて、甘く濡れた琥珀の声が部屋の中に響く。

その声に涼聖がひそやかに笑った気配がして、琥珀はきつく目を閉じるのと同時に、口に自分の手の甲を押し当てた。

「声、我慢しなくていいんだぞ」

琥珀が恥ずかしさからそうしていると分かっていて、からかうような声音で言った涼聖はもう片方の乳首に唇を落とす。

そして、今まで指先で弄んでいたほうは手のひら全体で胸をゆっくりと揉みしだき、唇を落としたほうは強く吸い上げたり、歯を立てて弄ぶ。

その刺激で反応してしまった琥珀自身が、涼聖の体に押し付けるような形になってしまう。

「……離、っ…れ……、っあ、あ！」

恥ずかしさから離れてくれと言いたいのに、ことさら強く胸を揉まれたり、きつめに歯を立てたりされて、琥珀自身から蜜が零れ始めた。

ぬるっとした感触がいやらしくて、いたたまれないというのに、涼聖はそこに空いているほうの手を伸ばした。

「ぁ、ぁ、…涼、せ……」

息を詰めながら名前を呼ぶと、涼聖は胸から顔を上げた。そして、琥珀の耳元に唇を寄せる。

「琥珀……」

愛しげに囁いて、耳に舌を差し込み、それと同時に手にした琥珀自身を緩く扱《しご》いた。

「っ、あっ、ぁ…っ」

走り抜ける快感に声が漏れ、とろりと溢れた蜜が、涼聖の手へと滴る。

それを塗りこむようにしながら、涼聖はさらに琥珀自身を扱き立てた。

少し強めにしただけなのに、琥珀自身からはとろとろと蜜が溢れ、涼聖が手を動かすたびに、にちゅにちゅと淫らな水音が立ち始める。

「は、ぁっ…、ぁ、あ……」

手で必死になって口元を押さえるが、声をこらえることはできない様子で、琥珀は熱を発散させるように頭を横に振る。

だがそれは無意味な行動でしかなく、むしろ涼聖を煽るだけだ。

涼聖は握りこんだ琥珀自身を、さっきよりも強く責め立て始める。

じゅぷ、ぬちゅっと、派手に濡れた音が響いた。

「ぅ……あぁ…、ん、んんっ……、いや、だ…、はやい、手……っ、あ、……っ…」

はやい速度で扱かれて、琥珀の体が震える。だが、涼聖の手は止まらなかった。

根元から先まで、指で絞り上げるようにしながら扱いてくる。

「…っ、…あ、いっぁ、あ、っ…ん、ぅ…ぁあ、ぁ！　ぁ、っ…さきっ、や、っ……！」

片方の手で扱き立てながら、もう片方の手で先端を柔らかく撫でまわしたかと思えば、蜜穴を抉るように擦りたてる。

敏感な場所に与えられる強い刺激に、悦楽に濡れた声が響いた。

「あぁぁ…っ、あ、…ぁあっあ！　ぃ…っ…、あ、あっ」

「いつでも、イけばいい」

腰を震わせる琥珀に涼聖は囁きかけながら、弱い先端をことさら強く擦りたてる。

「ああっ、あ…、あ」

琥珀の体が強張って、息が止まる。そして一瞬動きが止まった次の瞬間、琥珀自身が弾けて蜜が噴き出した。

びゅく、びゅく、と先端から飛び散る白濁を涼聖は手で受け止めると、その手を琥珀の後ろへと伸ばし、前に与えられた快楽にヒクついている蕾へと指を擦りつけた。

「っ、あっ、あ…」

琥珀の唇からか細く震えた声が漏れる。

その声に目を細めながら、涼聖は濡れた二本の指を琥珀の中へと埋めた。

「……っ！」

突然入りこんできた指に琥珀は目を見開いたが、後ろで得る快楽を知ってしまっている体は入りこんだ指をきゅうっと締め付けた。

「琥珀、そんなにしたら動かせないだろ」

涼聖が笑みを含んだ声で言いながら、中の指を動かして、肉襞を撫で始める。わずかな動きでしかないのに、柔らかく蕩《とろ》けたそこはすぐに感じ始めてしまう。

「ぁ……っ、あ…、あ」

激しくはせず、ひたすら優しく嬲《なぶ》るだけの動きなのに、とろ火であぶられるような悦楽が湧き起こって、琥珀はイヤイヤをするように頭を横に振った。

「……っ…あ、…っ」

指の動きは変わらないのに、感じる度合いが大きくなって、触れられているそこが溶けていく感じがする。

それを感じ取ったのか、不意に涼聖の指が大きく動いてそこを強く抉るように責め立てた。

「ぁ、あっ…! は…っ…ぁ…、や、め…っ」

突然の強い刺激に琥珀の体がヒクヒクと震える。

「琥珀、逃げるなって」

知らぬ間に逃げを打とうとしていた琥珀の腰を涼聖はしっかりとわしづかんで、逃げられないように捕らえる。

「ここ、おまえの好きなところだろ? 好きなだけ感じていいんだぞ」

涼聖は琥珀の弱い場所に指を押し当てると、手加減なく嬲り始めた。

「――ん…っあ、あああ……、あ、ゃ……っ、ぁ、あぁっ！」

悲鳴まがいの声とともに、ぐちゅぐちゅと卑猥な音が部屋に響く。

容赦なくいたぶられ、その激しさに琥珀の腰が小刻みに震え、こらえ切れずに狐耳と尻尾が姿を現した。その様子に涼聖は目を細める。

「う、っあ、ぁっ……、ああ、ぁっ、あ！」

中が酷く痙攣《けいれん》して、琥珀は眉根をきつく寄せる。

「イきそう？　イっていいから」

甘い毒のような声とともに送りこまれる刺激に、琥珀の腰が跳ねた。

「は、…っぁ、っあ、あ、いくっ、ぁっ、あっあ、あ…、っ！」

がくっがくっと琥珀の体が大きく震え、達してしまう。だが、琥珀自身からは蜜が溢れているわけではなく、後ろだけで得た絶頂だった。

「ぁ……ぁ、あ……」

長くあとを引く絶頂に琥珀の体から力が抜けていく。

琥珀の中から涼聖は指を引き抜くが、その感触にさえ、琥珀は感じ入ってしまう。

「琥珀……」

名前を囁きながら、力の抜けた琥珀の足を掴んで開かせる。それに琥珀が反応するより早く、涼聖は充分に熱を孕んでいた自身を琥珀の後ろに押し当てると、強く腰を打ちつける。

ぐじゅんっ、と濡れた音が響くのと同時に、琥珀は喉をのけ反らせた。

「ア、ああ、ぁっあ……！」

中で得た絶頂が去らぬ間に新たに強い刺激を与えられて琥珀は喘《あえ》ぐ。そんな琥珀の中を、涼聖は強く擦り上げながら抽挿を繰り返した。

ぬじゅ、ぐぶっと淫らでしかない音がひっきりなしに響く。

「あっ、あ、……あ！　い…ぁっ、あ」

絶頂にうねる中の動きが止まらず、ヒクヒクと悶えては中にいる涼聖を締め付ける。その刺激でまた何度も小さな絶頂がやってきてしまう。

「イ…ぁ、あ…っ、あ、また…、あ、あ！」

ヒクンっと体が大きく震えたあと、びくっびくっと細かな痙攣が繰り返される。

「あぁ…！　あ、だめ…だ、あぁっ、あっ、あっ」

何度も達してしまう琥珀の中で、涼聖はさらに掻き混ぜるような動きで腰を使う。

「ひ…あ、あ……、とま、らな…、あぁっ」

体がおかしくなったとしか思えないくらい、気持ちがよくて、頭の中が真っ白になる。

「きもちいい？」

問う涼聖の声が聞こえるが、何を聞かれているのか分からなかった。

「んっ、あぁ…っ、あ、あ、あ……っ」

息を継ぐたび声が漏れる。

目に映っているはずの涼聖の顔を認識するのすら難しいくらいに、頭の中が真っ白だった。

「あ、ぁ、……、りょ…ぅ、あ……」

「琥珀、中、出すぞ」

言葉とともにひときわ奥を抉るように涼聖が穿つ。

「っ、っ、——…っ!、ぁ、あ…」

散々抉り、擦られて敏感になりすぎた肉襞に飛沫がぶちまけられる。

その感触に琥珀はまともな声もあげられぬまま、上りつめ、体を強くひきつらせたあと、崩れ落ちるようにベッドに沈み込んだ。

「…っ…琥珀…」

意識を失ってもまだ中にいる涼聖を唆すように蠢く内壁の動きに、涼聖は奥歯を噛みしめる。

——さすがに、続けて、は怒られるな……。

そう思いながらも、すぐに引き抜く気にはなれず、涼聖は愉悦に彩られたままの琥珀の表情を見つめながら、暴走する愛しさを宥めるか、それとも走り抜けるかをしばし思案したのだった。

◇◆◇

「どう考えたって、そのような道理が通るわけがないじゃないですか!」

数日後、椽の許には今日も今日とて、動物たちが陳情に来ていた。

よくあるのは、狙っていた巣穴候補を横取りされた、隠しておいた餌を盗まれたといった盗難と、それからケンカだ。

「そう言うが偶然だ！」

今争っているのは野うさぎ同士の巣穴の取り合いだ。

二日ほど前に新しい巣穴にそれぞれが引っ越したのだが、それが同じ穴で、戻るタイミングが違ったので気づかなかったが、今朝になってもう一羽が戻って来た時に先に眠っていた一羽がいて、「おまえ誰！」な騒ぎになったらしい。

「偶然？　あるわけないでしょう！　分かってて居つく気満々だったに決まってる！　絶対に故意だ！」

一羽がキレて叫んだ。

「へ？　恋？」

上の空だった椽は、耳に飛び込んできた言葉に誤反応を起こし、ドキッとする。

——恋してるんじゃないんですかー？——

伽羅の声が脳内にリフレインする。

それをかき消すように、

「だから故意じゃない！　偶然だ！」

金切り声での反論があり、ハッと見るとヒートアップした野うさぎ二羽は今にも噛みつきあいのケンカをしそうになっていた。

「おまえら、落ち着け」

上の空なわりに、ある程度の話は耳に入っていたので、

「おまえらのうち、どっちかには俺が見つけてある巣穴に入れてやる。どっちがそこに移るかはおまえらで決めろ。以上だ」

橡はサクッと言って二羽を下がらせる。

――落ち着け、俺。

橡は自分に言い聞かせるが、あの夜、伽羅に言われてから、気がつけば倉橋のことを思い出していて、そんな自分に戸惑った。

――だから、あの人は淡雪が心配なだけで……。

と、思うのだが、

――それは名案かもしれないね。橡さんはイケメンだし――

倉橋の声だけではなく表情まで蘇って来た。

「いやいや！　違うから！」

振り切るように言った時、

「橡様……？」

次の陳情の者を呼んでいいかと聞こうとしていた側仕えの烏が、怪訝な顔で橡の様子を窺ってきた。

「あ…、悪ぃ。なんでもない、気にすんな。次のやつを呼んでやれ」

椽の言葉に、側仕えが新たな陳情者を呼び入れる。

部屋に入って来たのは、鷺《さぎ》だった。

「椽殿、実は領内の池の鯉なのですが……」

「ふぁっ⁈」

連続するキーワードに椽は地味にヒットポイントを削られ、落ち着かない気分で、その後も続く「味が濃い」だとか「雨乞い」などという言葉にさらにヒットポイントを削られるのだった。

おわり

陽ちゃんの
ランドセル
CROSS NOVELS

1

それは、診療所の待合室で、陽《はる》が他の患者と一緒にテレビで時代劇の再放送を見ていた時のことだ。

午前診療の時間は、いつも陽は集落の散歩に出かけているのだが、あいにく雨が降っている。少しの雨なら傘をさして出かけるのだが、風も強いので琥珀《こはく》に診療所にいるようにと言われたのだ。

「このもんどころが、めにはいらぬか！」

お馴染の決めゼリフのシーンに入ったところで、陽は立ち上がり、可愛らしく画面と同じように右手に印籠代わりのおまんじゅうを持って前に出し、セリフを言う。

「陽ちゃん、上手上手！」

「ほんものの黄門様《こうもんさま》みたいねぇ」

待合室にいた患者からは拍手が起こり、声がかけられる。

患者と言っても、今、待合室にいるのは持病の経過観察や、薬だけをもらいに来た者ばかりで、重い症状の者はいない。

熱があったり、痛みを訴えるような患者がいる場合、陽は大人しく絵本を読んだり、他の患者とリバーシで対戦したりと、ちゃんと状況を考えているので、琥珀もあえて窘《たしな》めたりはしない。

「こうもんさまじゃなくて、かくさんだよ」

陽が訂正すると、「そうじゃったねぇ」と、訂正してくる様子すら可愛らしいとばかりに目を細める。

集落でただ一人の幼児――正確には幼狐だが――である陽は、集落みんなの可愛い孫ポジションである。

一行が次の街へと旅を続けるところで番組は終わり、テレビはコマーシャルに入る。

次の番組まで、いくつか連続して流れるコマーシャルのうちの一つに、陽の目は釘づけになった。

『ラララ、ランラン、ランドセルは、コアラマークのランドセル』

陽よりももう少し年長の子供数人が、それぞれ赤、黒、青、オレンジ、茶色、と色とりどりのランドセルを背負って楽しげに踊って歌う。

『今年の限定カラーはピーコックグリーン！　お申し込みはお早めに！』

教師役らしい女性が言い、子供たちも声を揃えて「おはやめに！」と続けたところでコマーシャルは終わり、陽は見終えると隣に座していた東出《ひがしで》に聞いた。

「ひがしでのおばあちゃん、ランドセルってなに？」

突然の問いに東出は一瞬キョトンとしたが、

「ランドセルは、小学校へ行く時に背負っていくカバンじゃねぇ」

「じゃあ、さっき、みんながせおってたのが、ランドセルなの？」

陽が続けて問うが、特に意識をしてコマーシャルを見ていなかった東出は「みんなが背負っていた」物かどうかわからなくて返事に困る。

だが、真剣ではないにしても、流れていたコマーシャルを見ていた他の患者が、

「そうそう、さっきみんなが、背負うっとったじゃろ？　赤やら黒やら。あれがランドセルじゃ」

と、肯定する。

「ランドセル……、しょうがっこう…」

「ランドセルの中に、小学校で勉強する道具を入れて行くんよ。教科書、筆箱、ノート」

説明する東出の言葉に、

「うちの子は、そろばん持ってくのよう忘れてったわ」

と安沢《やすざわ》という老女が笑い、

「うちの子なんか、遊びに行った先でランドセル自体を忘れてったことあるわよ」

大沢《おおさわ》という婦人も返して、次々に昔話が飛び出してくる。

小学校というのは勉強をするところだ、ということは千歳《ちとせ》から聞いて知っている。

本を読んで勉強をしたり、運動をする体育という時間があったり、絵を描いたり、何かものを作ったりする図画工作、それにお掃除の時間と、みんなでご飯を食べる給食の時間があるらしいのだ。

千歳は、病気になったり、いろいろと困ることがあったりして、学校にはあまり通えないと話していたが、二年生になってからは前よりもちゃんと――やはり、風邪をひいたりすることは多く、すぐに熱が出るので休んでしまうことも多いらしいが――通えていて、楽しいと言っていた。

千歳が楽しいと言うのなら、本当に楽しいところなのだろう。

そこに通うには、さっきコマーシャルで見たランドセルを背負って行くらしい。

――ランドセル、かっこよかったなぁ……。

みんなのランドセルにまつわる思い出話を聞きながら、陽の脳内ではランドセルへの憧れがどんどん膨らんでいった。


ランドセルのコマーシャルはあのあと、二度流れ、そのたびに陽はランドセルを背負う子供たちの楽しそうな様子に釘づけになった。

――あおいランドセルもいいけど、ピカピカのくろのランドセルがいいなぁ……。

そのランドセルを背負って、坂道を登ったところにある小学校に通う自分の姿を陽は夢想する。

「ラララ、ランラン、ランドセルは、コアラマークのランドセル」

午後になり、午前中の雨がまるで嘘のように上がり、太陽が出てきたので、陽は散歩に出かけた。

すっかり覚えてしまったコマーシャルで流れていた歌を歌いながら、歩いていると孝太《こうた》がスクーターで走って来た。

陽の姿に気づいて手を振りながら近づくと、スクーターを停める。

「陽ちゃん、散歩っスか?」

「うん！　こうたくんは、おしごと?」

「今、岡村《おかむら》のおじいちゃんとこの戸棚の修理してきたとこっスよ。俺、作業場に戻るっスけど、陽ちゃん一緒に行くっスか?」

孝太に誘われて、陽は頷《うなず》く。

じゃあ、行くっスか! と孝太はスクーターのエンジンを一度止めるとシートを上げ、中から子供用の空の模様が描かれたヘルメットを取り出した。

以前、孝太が陽のためにと買ってくれたもので、いつでも陽を乗せられるようにそこにしまってあるのだ。

ヘルメットをかぶり、スクーターの後ろに乗せてもらって陽は孝太と一緒に佐々木《ささき》の作業場へ向かった。

作業場には孝太の師匠である宮大工の佐々木と、大人のツリーハウス友の会の大前《おおまえ》と中畑《なかはた》がいた。

「ただいまーっス!」

「こんにちは、おじゃまします」

孝太と一緒に戻って来た陽は、三人にぺこりと頭を下げて挨拶をする。

「おう、陽坊。今日も元気じゃな」

佐々木が作業の手を止め、挨拶を返す。大前と中畑も同じように作業の手を止めて、軽く手を上げて挨拶に代えた。

「おじいちゃんたち、なにしてるの?」

陽はてテっと作業をしている三人の許へ走り寄り、作業の様子を見る。

「機関車のおもちゃがあるだろう？　あれの部品作りだ」

中畑はそう言って、作りかけの部品を陽に見せる。

それは、先日淡雪《あわゆき》にあげた動物の親子の散歩シリーズと同じ作りのおもちゃの、ＳＬバージョンだった。

「これ、えんとつのところ？」

「そうだ。煙突だ。煙を出して、走るんだぞ」

ポッポーと警笛の音を真似て中畑は笑う。

「あんなに注文が来るんだったら、もっと簡単な作りにしとけばよかったな」

大前が笑いながら、自分が担当するパーツのやすりがけをする。

「簡単な作りにしとったら、注文はこんかったじゃろ」

佐々木が突っ込むと、大前と中畑は笑ったが、

「今ほどの数じゃなかったかもですけどフツーに子供用に注文はきたと思うっスよ。他の動物も結構な数きたじゃないっスか」

孝太が冷静に分析する。それに陽も頷いた。

「このまえもらったあひるさん、おともだちにあげたの。そうしたら、すごくうれしそうに、ずっとうごかしてたよ」

淡雪はあの日、かなり長い間アヒルを動かして遊んでいた。倉橋《くらはし》の膝の上に抱かれている時も、

上下が逆だったりするのだが、ずっと撫《な》でていた。

「そうか、そりゃよかった」

中畑はそう言ったあと、

「しかし、これだけ注文があると思わなかったなぁ。今時の子供は、テレビゲームやら、何やら、いろいろ遊ぶものはあるだろうに」

と、首を傾げる。

ＳＬは完全に中畑の趣味だが、動物シリーズは端材を捨てるのがもったいなくて、暇つぶしを兼ねて作ったものを、まあ欲しがる人がいれば、という程度で販売に回したものだ。

売れると思っていなかったので、在庫は全部二つずつ程度だった。

それが、あっという間に売れてしまい、急遽受注生産にしたのだ。

ＳＬは作るのに時間がかかるので、受注も停止中である。

「木のおもちゃって、見直されてきてるんスよ。手触りとか、優しいっスから」

孝太は言いながら、自分の作業場所に腰を下ろすと、次の仕事の図面を見始める。

「こうたくんは、なにをつくるの？」

「これは、家の中で神社のお札とか置く社《やしろ》っス」

「ちいさい、ほこらみたいなの？」

図面を覗きこみながら陽は聞く。

「そんな感じっス。小さい分、難しいとこもあるけど、何事も勉強っス」

その孝太の言葉に、陽は少し忘れていたことを思い出した。

「こうたくんも、しょうがっこうでべんきょうしたの？」

陽の問いに、孝太は苦笑する。

「んー……、勉強した、とは言いづらいっスね」

「やっぱりな」

すかさず呟いたのは佐々木だ。

「なんで『やっぱり』なんスか」

抗議するように孝太は言うが、

「どうせおまえさんは、友達と遊ぶためだけに学校に行っとったんだろうが」

と、佐々木が言うと、

「あと給食を食べに、だな」

大前も笑いながら続ける。

「もー、二人とも、何で見てきたように言うんスか。……間違ってないですけど」

結局、孝太も肯定する。

「べんきょう、しなかったの？」

陽が首を傾げながら問う。

「しなかったわけじゃないっスよ。ただ、勉強するより友達と遊んだりするのが楽しくて、毎日、それが目的で通ってたって感じで。まあ、だから、成績はそんなよくなかったっスけど」

孝太の成績表は、四教科はあまり芳しくなかったが、副教科——体育や図工など——はすこぶる良かった。

「じゃあ、こうたくんも、ランドセルもってた?」

陽はどこかドキドキしながら聞く。それに孝太は笑顔で頷いた。

「持ってたっスよー」

持っていた、という返事に陽は目を輝かせる。

「なにいろだったの?」

「俺のは、メタリックネイビーで、太陽があたったらキラキラ光って、すごい綺麗《きれい》だったんスよ」

孝太の返事に、中畑が、

「やっぱり孝太くらいの年齢だと、いろんな色のランドセルがあったんだなぁ。わしらの息子の頃は男は黒、女は赤、その二色だけだったがなぁ」

懐かしそうに言う。

「今はいろんな色があるからな。うちの孫なんか、水玉模様のランドセルだ」

大前が、ついていけない、というような口調で続けた。

「うちの小学校も、兄貴たちの頃は黒しかダメって規則だったたんスけど、俺が入学する前の年から自由になったんスよ。兄貴たちからめっちゃ嫉妬されました」

孝太が苦笑いする。

「いいなあ……ランドセル」

陽は憧れいっぱいの口調で呟く。

「陽坊も小学校へ行くようになりゃ、買ってもらえるぞ」

佐々木の言葉に陽は質問した。

「しょうがっこうは、いつになったらいくの？」

「七歳になる年の四月になったらじゃな。陽坊にはまだ早いなぁ」

佐々木にまだ早いと言われて、

「はやく、しょうがっこう、いきたいなぁ」

陽は待ちきれない、といった様子で呟く。

「どっちかっていうと、陽ちゃんはランドセルが楽しみなんじゃないっスか？」

話の流れから、そっちが目当てだろうと見抜いた孝太が笑う。

「うん！　テレビのコマーシャルでみんなもってたの！　すごくかっこよかった！」

陽はキラッキラの笑顔で言ったあと「ラララ、ランラン、ランドセルは〜」と、また歌い出す。

「あー、最近、そのＣＭよく流れてるっスよね。コアラマークのランドセルーって」

孝太も続きを歌う。

なぜか耳について離れないそのＣＭソングはしばらくの間、全員の脳内でリフレインし続けたのだった。

◇◆◇

「ララ、ランラン、ランドセルは、コアラマークのランドセル」

翌日は診療所が休みで、陽は家の居間のちゃぶ台で鼻歌を歌いながらお絵かき帳に絵を描いていた。

「はるどの、さっきからずっとたのしそうに、おなじうたをうたっておいでですが、それはなんのうたですか？」

同じくちゃぶ台で数独クイズを解いていたシロが、何度目かの歌のあとで問う。

「コアラマークのランドセルのおうただよ」

「……コアラマークノランドセル？」

聞き慣れない単語が連続していて、シロはどこで区切っていいか分からず、そのままリピートして首を傾げる。

「えっとね、ランドセルっていう、せなかにせおうかばんがあるの」

陽が説明を始める。

「それは、リュックサック、とは、またちがうものですか？」

背中に負うカバンの名前がリュックサックという、というのは、アニメの「魔法少年モンスーン」で得た知識だ。

モンスーンに出てくるフェーンが、モンスーンたちを助ける戦闘グッズをそこに入れているので覚えたのだ。

「にてるけど、ちがうの。こんなかたちをしててね……」

陽はお絵かき帳にランドセルを描き始める。

「いろんないろがあって、テレビでみんながもってたのは、あかと、くろと、あおと、オレンジと、ちゃいろで、げんていで、ピー…、ピー…えっとね、ピーなんとかグリーンっていうのがあるんだって」

「グリーン、というのはみどりいろのことですね。ピーマンでしょうか？」

『ピー』が最初に来る緑色と言われるとピーマンしか思いつかず、シロは首を傾げつつ聞くが、陽も首を傾げた。

「ピーマンじゃなかったけど、なんだか、きれいなみどりいろだったよ。こうたくんがもってたランドセルのいろのおなまえは、すごくながくて、わすれちゃった」

「いろいろないろがあるのですね。そのランドセルというのは、ゆうめいなのですか？」

「あのね、しょうがっこうにいくときにつかうんだって。おべんきょうのどうぐをいれていくみたい」

「では、ちとせどのも、おもちなのでしょうか？」

二人が知っている小学生といえば千歳しかいない。

もちろん、小学生なら持っているだろう。

「たぶん、もってるとおもうよ！　ちとせちゃんのランドセルは、なにいろなんだろう」

「なにいろでしょうね？　はるどのは、なにいろがいいですか？」

「ボクはくろがいいな。ぴかぴかしてたの。シロちゃんは？」

「われは……そうですね、みずいろがあれば、それがほしいです」

陽が描いたランドセルの絵を見ながらシロが言う。

「みずいろのランドセルも、あるかな」

「なければ、あおにします」

そう返すシロだが、水色のランドセルが存在する可能性よりも、シロのサイズに合うランドセルが存在する可能性のほうが低いことに、この時点では気づいていない。

「ラララ、ランラン、ランドセルは、コアラマークの……」

再び陽が歌いだした時、居間に涼聖《りょうせい》が入って来た。

「お、陽。琥珀はまだ祠《ほこら》か？」

それに陽は頷く。

琥珀は朝食のあと、少し瞑想《めいそう》をしてくると言って祠に入り、伽羅《きゃら》も山のことで上の祠に戻ったので、家には涼聖と陽とシロ、そして龍神《りゅうじん》の四人だ。

もっとも龍神は金魚鉢の中で寝ているので静かなものだが。

「昼飯前には二人とも戻ってくるだろうが……陽は何をしてたんだ？」

涼聖はちゃぶ台の前に腰を下ろしながら、陽の様子を窺《うかが》う。

「あのね、ランドセルのえをかいてたの」

陽は答えながらお絵かき帳を涼聖のほうへと向けた。

「ランドセル…、ああ、陽は絵がうまいな」

涼聖は陽が描いた絵を見てから、頭を撫でる。それに陽は嬉しそうに笑ってから、

「りょうせいさん、ちとせちゃんのランドセル、なにいろかしってる？」

「千歳の？　いや、知らないが……知りたいのか？」

「うん！」

即答する陽に、ちょっと待ってろ、と言って、涼聖は千歳の父である兄の聖史《さとふみ》に『突然だけど、千歳のランドセルって何色？』と携帯電話からメールを送った。

「そのうち、返事来ると思うからちょっと待っててくれるか？」

「うん。ちとせちゃんのランドセル、なにいろかなぁ」

ワクワクしながら陽は言い、

「ちとせどのは、なにいろがおにあいでしょうか」

シロもにこにこしながら楽しみな様子だ。

「今はいろんな色があるからな。俺の時は男は黒、女は赤っていうのが一般的で、他の色のはまだそんなになかったな」

涼聖がそう言った時、メールの着信音が聞こえた。

送り主は聖史で、「王子のランドセルの件」と、わざわざタイトルを変更して返信を送ってき

たのだが、色の名前だけ返事してくれたのかと思ったら、千歳の写真が添付されていた。

　小学校の入学式の時のものらしく、春休みや夏休みに遊びに来た時よりも幼い顔立ちの千歳がランドセルを背負っているのだが、小さな体にそのランドセルはずいぶんと大きく見えた。

「写真、送ってくれたぞ」

　涼聖は表示された写真を陽とシロに見せる。

「ちゃいろだ……」

「おちついたいろも、ちとせどのはおにあいですね」

　シロの言うとおり、奇抜な色よりはベーシックな色のほうが千歳には似合うし、実際に似合っていた。

「そうだな…っと、あ、茶色じゃないみたいだぞ」

　涼聖は聖史からのメール本文に目をやり、訂正する。

「『王子のランドセルカラーは、ただの茶色じゃなく、チョコレートブラウンだから間違うなよ』だってさ」

「チョコレート？　チョコレートでできてるの？」

「すごいです……！」

　おいしそう、と陽とシロは感動した様子を見せるが、

「あー、違う、違う。『チョコレートブラウン』っていう名前の色。チョコレートみたいな茶色ってことだ」

「じゃあ、チョコレートじゃないの？」

陽が再び確認する。

「ああ。もしチョコレートでできてたら、夏は溶けるし、蟻《あり》にたかられて大変だろ？」

涼聖が説明すると、陽とシロは納得したように頷いた。

「チョコレートみたいなちゃいろ、かぁ……。きれいないろだけど、ボクはやっぱりピカピカしたくろがいいなぁ」

陽はうっとりした様子で言ったあと、

「りょうせいさん、ボクにもランドセルかってくれる？」

期待でいっぱいの目で、聞いてきた。

だが、その言葉に涼聖はどう返事をしていいのか躊躇《ためら》った。

ランドセルに憧れる気持ちは分からないでもないというか、涼聖も二人の兄のランドセルを見て憧れを募らせたクチだ。

だから理解できるし、欲しいと言うのであれば購入するのは問題ではない。

しかし、それを使うのであれば、というのが前提になる。

陽は可愛い子供だが、人間ではなく、仔狐だ。

——小学校に通うのは、無理だよな？

人間ではないので戸籍も住民票もない。

見た目年齢は四歳から五歳といったところで、本来であれば幼稚園や保育園に通っているのが普通だと思うが、集落にはそういう施設がない。

それに義務教育ではないので、集落の住民も詳しい説明をしたことはないが、それぞれ勝手に常識の範囲内で事情を汲み取って、陽が幼稚園などに通わない理由を理解してくれている。

そのため、集落で問題になったこともなければ、涼聖も聞かれたことはなかった。

しかし、小学校となれば違う。

陽は戸籍うんぬんの事情があるので、まず小学校に通うことは今のままでは無理だ。

そして、それ以前の問題として、陽は将来稲荷《いなり》神になる予定なので、勉強するとなれば人間の学校ではなく、本宮にある稲荷の候補生たちが集う館で学ぶことになるのではないかと思う。

陽の教育については琥珀が考えることで、神様の世界の事情などが分からない涼聖は基本的に口出しをしない。

なので、ここで不用意に「いいぞ」と約束するわけにはいかなかった。

「陽はまだ、小学校に通う年齢じゃないだろ？」

とりあえず、直接的な返事を避ける。

「うん！　しょうがっこうへいくようになったら！」

陽もランドセルは小学校へ持って行くものだという理解はしているらしく、いい子な返事をしてくるが、小学校へ通うようになったら買ってくれるか、と詰められてしまい、涼聖はますます悩んだ。

「……そうだな…、ランドセルか」

返事を渋った涼聖に陽は不安げな顔になった。

「だめですか？」

一気にしおっと、しな垂れてしまいそうな雰囲気の陽に、涼聖は困る。

「琥珀に聞いてみないとなぁ」

できることは答えの先延ばしと、琥珀への責任転嫁だ。

「こはくさまがいいっていったら、かってくれる？」

一縷《いちる》の望みをかけるような眼差しで陽は言い、その傍らでシロもドキドキした顔をしていた。

「そうだな……琥珀がいいって言ったら、陽が小学校へ行く時に買いに行こうな」

涼聖はそう返事をしながら、罪悪感に胸をチクチクと刺されていた。


昼食前には伽羅が戻ってきて涼聖と一緒に食事の準備を始め、琥珀は昼食がちゃぶ台に並び始める頃になってようやく祠から出てきた。

陽は出てきた琥珀にすぐにランドセルのことを聞こうと思ったのだが、

「琥珀殿、丁度よかった！　ご飯の準備ができたので陽ちゃんに呼びに行ってもらおうと思ってたんですよー」

と伽羅が言い、そのますぐに食事が始まってしまったので、食べ終わってからにしようと思い、陽はまず食事を始めた。

そして、おいしくて楽しい昼食が終わり、食べ終えた食器を下げる手伝いをしてから、陽はちょこんと琥珀のすぐ横に、琥珀のほうを向いて座して聞いた。

「こはくさま、あのね」

「いかがした?」

何か頼みごとがありそうな顔で声をかけてきた陽に、琥珀は優しく微笑みながら、少し陽へと体を向ける。

「あのね、ランドセルがほしいの」

「ランドセル?」

聞いたことがあるような単語だが、にわかには分からなかった。

脳内検索をかけようとした時、

「小学生が学校に行く時にリュックみたいに背負って行くカバンのことだ」

涼聖が説明し、さっき送られてきた千歳の写真を見せる。

「りょうせいさんが、こはくさまがいいっていったら、しょうがっこうへいくときにかってくれるって」

わくわくとした顔で返事を待つ陽に、琥珀は一つ息を吐いた。

「陽、よく聞きなさい」

「はい」

この時点で陽は、何の問題もなく買ってもらえるわけではないことを理解した。

――いっしょうけんめいべんきょうしなさい、とかかな。

陽は続けられる琥珀の言葉を想像しながら待つ。

「小学校というのは、人間の子供が行くところだ。そなたは、人ではないだろう」

「……でも、みんな、ボクがきつねだってしらないよ？　みみもしっぽも、ちゃんとかくしてるもん」

「そうだな。だが、そなたは将来、稲荷となる身だ。学ぶのであれば、人の子ではなく稲荷となるためのことを学ばねばならない」

「……おいなりさまの、しょうがっこうにいくの？」

首をかしげながら聞く。

「そなたが望むのであれば、本宮の学び舎に入れてもらえるであろう。白狐《びゃっこ》様が許可を下さるはずだ」

「ランドセル、もっていってもいいの？」

陽の望みは「『ランドセルを背負って』小学校に通いたい」だ。

ランドセルを背負っていけるのなら、小学校ではなく本宮の学び舎でもいい気がした。

しかし、

「ランドセルは人の子の学校に通うのに必要な物だろう。本宮の学び舎に通うのにランドセルは必要ない」

琥珀の返事は陽の望みを打ち砕くものだった。

見開いた陽の目にじわっと涙が浮かぶ。

「陽」

「はるどの……」

成り行きを見守っていた涼聖とシロが気遣わしげに陽の名を呼ぶ。

陽はぐいっと零れそうになる涙を拭うと、すっくと立ち上がり、縁側から庭へと飛び出していった。

「陽！」

涼聖が呼びとめようとしたが、陽は聞かず、裏庭へと走って行った。

おそらくツリーハウスに行ったのだろう。

琥珀は一つ大きなため息をついた。

「琥珀、悪い」

謝ってくる涼聖に、琥珀は首を傾げた。

「なぜ涼聖殿が謝る？」

「陽、最初に話してただろ？　琥珀がいいって言ったら俺が買ってやるって言ったって」

「ああ」

「おまえがダメだって言うだろうなっていうのは、予想できてたんだ。陽が使う物ならまだしも、そうじゃないからな。だから、俺がダメだって言っとけばよかったんだけど……言えなかった。おまえに損な役回りをさせて悪かった」

涼聖の言葉に、琥珀は頭を横に振る。

「いや。涼聖殿がこちら側の事情をいつも考えてくれているのは分かっている。陽の教育については、私が考えなければならぬことだからな」

「そうは言ってもな……」

涼聖は呟くが、解決策など思いつかなかった。

「われは、はるどののようすをみてきます」

ちゃぶ台の上にいたシロは琥珀の袖を摑んでちゃぶ台から伝いおり、縁側へと向かう。

「きなこどの、きなこどの」

縁側で何かの名前を呼ぶと、ややして薄い茶トラの猫がひょいと顔を覗かせた。

よく遊びに来ていた野良ネコの「きなこ」は、最初は警戒心が強かったが、陽とシロには心を許していて、今はすっかり仲良しだ。

「みゃ」

「きなこどの、ツリーハウスまでおねがいします」

シロはそう言うときなこの背中に乗り、そのまま裏庭へと向かう。

「……あいつ、瞬間移動できなかったたか？」

座敷童子《ざしきわらし》のなりかけではあるが、この家の敷地内であればシロは苦も無く自在に移動できたはずだ。

「きなこ殿に乗りたかったのであろう」

琥珀は言いながら少し笑うが、すぐにまた思案顔になる。

「琥珀、心配するな。シロがあとで様子を教えてくれるだろうし……陽も、今は落ちこんでるが、理由を理解できない子供じゃないからな」

涼聖はそう言って琥珀の肩を軽く叩く。

「……子育ては、難しいな」

神として、幾度も子育てについての悩みも聞いてきて、良い方向へと導いてきたつもりだ。だが、自分がこの手で育てたことはなく、思った以上に悩ましい。

「難しいって思うのは、おまえが押し付けるんじゃなく、陽の気持ちをちゃんと考えてやってるからだ」

「涼聖殿……」

涼聖の言葉に琥珀が視線を涼聖へと向ける。その時、

「もー、そうやって夫婦感、かもし出さないでくださいよー！」

皿洗いを終えた伽羅が居間に戻ってきて、ちゃぶ台につく。

「ああ、悪い。うらやましがらせるつもりは、そんなになかった」

涼聖が笑いながら言う。

「ちょっとはあったんじゃないですかー」

ぷんすか！　という表情をわざと作ってから、伽羅は琥珀を見る。

「琥珀殿、大丈夫です。三時になったら、おやつをもって行って様子を窺ってきますから」

「すまぬな」

「任せてください！」

伽羅が親指を立て、自信ありげに言うのに、

「我は、生クリームのたっぷり載ったワッフルを所望する」

食事のために、ちゃぶ台から水屋簞笥《みずやたんす》に載せられたままになっていた金魚鉢の中から龍神がリクエストしてくる。

「もう、龍神殿は……。でもワッフルいいですね。フルーツもいっぱい飾ってスペシャルな感じのを作ってみます」

そうと決まれば下準備を、と伽羅は台所へと消えて行く。

その姿を琥珀は複雑な思いで見送ったのだった。

2

翌日、陽は集落の散歩に出かけた。

だが、気持ちは沈んだままだ。

——ランドセル……。

頭の中にコアラマークのランドセルのテーマソングが響き始める。

楽しげな旋律が、今日はつらかった。

「陽ちゃん、お散歩？」

とぼとぼと歩く陽に声をかけたのは、元和裁士の西岡《にしおか》ソノだ。

「……おばあちゃん、こんにちは」

陽は足を止めて、ぺこりと頭を下げる。行儀よく挨拶をする様子は普段通りだが、いつもなら弾けるような笑顔で挨拶してくるのに、今日は様子が違っていた。

「陽ちゃん、みたらし団子があるから、食べてったらどう？」

様子が気になって誘うと、陽は頷いた。

食べる意欲はある様子なのに西岡は少し安堵して、陽を家へと招き入れた。

西岡の家には、彼女が着物をほどいたものなどで作ったぬいぐるみが飾られていて、陽は遊びに来るといつもお気に入りの大きなフクロウのぬいぐるみを膝の上に乗せる。

「はい、陽ちゃん、フクロウさん」

西岡はフクロウを棚の上から取って、陽に渡す。陽はそれを受け取って膝に置く。大きなぬいぐるみなので陽の膝の上はフクロウに占領されるが、そのフクロウに陽は抱きついて、フクロウの頭の上に顔を伏せる。

眠たいときなどにそんな仕草を見せることのある陽だが、今は眠たいというよりも元気がないという感じだ。

気になりつつも、お茶の準備をし、みたらし団子を二串皿に載せて陽の前に置いた。

「どうぞ」

いつものように差し出すと、陽は「ありがとう」とちゃんと言って食べ始めたが、やはりおかしい。

普段なら、幸せいっぱい、といった様子で食べるのに、今日は「やわらかくておいしい」と感想は言うものの、幸せ感が薄い気がする。

とはいえ、陽とて元気のない日もあるだろうと思って西岡は特に何かを聞くこともせず、団子を食べる陽を見る。

心配はしていたが、準備した二串はぺろりと平らげた。

単純にあまり気乗りのしない日なのかもしれない。

——病気じゃったら、若先生が放っておかんじゃろうし……。

そう思った西岡は、陽がまだ食べ足りないのではないかと思って、

「陽ちゃん、クッキーは？」

手仕事の合間に食べるお菓子箱を手に取りながら聞く。

だが、陽は頭を横に振った。

「ううん、だいじょうぶ。ありがとう」

そう言うと、またフクロウに頭に顔を伏せる。

クッキーを断る陽のその返事で、西岡は確信した。

――陽ちゃん、なんかあったんじゃねぇ……。

気持ちがふさがるような何かがあったのだろうと思うが、それをどのタイミングで聞きだすかは、迷うところだ。

屈託のない陽だが、人の気持ちを慮るところがある。

不用意に聞けば、心配をかけまいとしてかえって何も言わないかもしれない。

――若先生か琥珀ちゃんに怒られたんかもしれんしねぇ……。

陽はいたずらをするようなこともなく、いい子なのだが、それでも好奇心が旺盛な男児だ。ときどき、服を汚したり、勢い余って擦り傷を作ったりして、琥珀に窘められている。

――しばらく様子を見るのがええかもしれんねぇ……。

元気のない陽が気になりながらも、西岡は見守ることに決めた。

「そうなんよ、陽ちゃんの元気がのうて……」

「どっか痛いん？　て聞いても、大丈夫、しか言わんの」

「昨日、うちでおやつを食べてってもらったんだけど、いつもならあんころもちときんつばを出したらどっちもペロッと食べちゃうのに、昨日はきんつば残しちゃってねぇ……。あとで食べる、言うてカバンに入れて持って帰ったんじゃけど」

　集落の道端では陽を孫のように思う住民たちが心配そうに話しあっていた。

　いつもなら自分の体調のことだったり、昨夜見たテレビの健康情報がメインなのだが、昨日から陽の話題で持ちきりだ。

　元気のない陽が西岡の家でみたらし団子を食べたのが金曜。

　土曜の午後にはどうしたのだろうかと話題になり始め、日曜は診療が休みで陽が集落に来なかったため、月曜になったら元気になっているかもと話していたのだが、月曜も変わらなかった。

　そして今日、午前中も陽の元気はなく、住民たちの話題は「陽はどうしてしまったのか」ばかりだった。

　ここで話をしていたのはあんころもち作りが得意な国枝《くにえだ》に、カルトナージュが趣味の北原《きたはら》、そして陽に息子が来ていた晴れ着をプレゼントした三国《みくに》という、陽を目に入れても痛くないおばあちゃんたちの一角である。そこに、お菓子作りを趣味にしている手嶋《てしま》トモエがやって来た。

「トモエちゃん、トモエちゃん、ちょっとちょっと」

　三国が手招きする。

「何かあった？」

みんなが思案げな顔をしているのに、手嶋は首を傾げつつ近づく。

「陽ちゃん、最近元気ないの、知っとる？」

近づいてきた手嶋に国枝が小声で問う。それに手嶋も頷いた。

「うん、知ってる。朝から、陽ちゃん見かけて、家で一緒にお茶を飲んだから」

もちろんお茶を飲んだだけではなく、一緒に手嶋が焼いたマドレーヌを食べた。だが、そのマドレーヌも、陽は一つしか食べなかった。

いつもなら二つは食べる陽からすれば、驚きだ。

「トモエちゃん、なんか聞いとらん？」

その言葉に手嶋は困ったような顔をした。

「陽ちゃん、ランドセルが欲しいんだって」

「ランドセル……」

いきなりなキーワードに全員がキョトン顔になる。

「今、テレビでコマーシャル流れてるでしょう？　あれを見て欲しくなって、若先生と琥珀さんにお願いしたんだって。そうしたら、ダメって言われたって」

「まあ、陽ちゃんにはまだ早いからねぇ……」

「小学校に行く時には買ってもらえるじゃろうけど、子供の間は欲しいと思ったら待てんもんねぇ……」

何だそんなことが理由だったのかと安堵しかけたのだが、手嶋は思案げな顔のまま続けた。

「それがねぇ……、詳しくは分からないんだけど、ランドセルを使わない学校に行くみたいなことを言ってて……」

もたらされた情報に三人は顔を見合わせる。

「街の小学校へ行くんじゃったら、ランドセルじゃけどねぇ」

「よその学校へ通わせるつもりなんじゃろか……」

「もしかしたら、あれ、ほら、外国の子供たちが通う……」

「昔、アメリカンスクール、とかいうとった学校？　今はなんか違う名前になっとったと思うけど」

琥珀と陽、そして伽羅は、回り回ってきた情報によると、三人とも血縁関係にあるらしい。三人は髪と目の色がかなり明るく、琥珀は日本語が微妙だ。

発音そのものはおかしくないのだが、言葉のチョイスが古い。

日本びいきの外国人にありがちな「時代劇で日本語を覚えた」結果なのだろうと誰もが思っている。

それらの事実から、三人はどの程度の割合か分からないが外国の血が入っているのだろう。なので、外国人の子女が主に通う学校に、と考えても不思議はない。

そして、そういった学校はおそらくランドセルは使わない。

「それで、落ちこんどったんじゃねぇ……」

「そう言えば先週、コアラマークのランドセルの歌、嬉しそうに歌いながら歩いてたわ……」

ため息交じりに言う三国に、北原も思案げに言う。

歌って歩くほど楽しみにしていたのに、通うことになる学校はランドセルを使わない、と聞いてかなりショックだったのだろう。

全員、納得した顔になる。

「私、今から病院行くから、若先生にそれとなく聞いてみようと思って……」

その言葉にみんな「そうして、そうして。あとで詳しいこと教えてね」と、手嶋を送りだした。


それから手嶋は診療所で、右手首の診療を受けた。

「少し炎症を起こしてますね。湿布薬を出しておくので、それで様子を見て、その間は、手持ち無沙汰だと思いますけど、お菓子作りは少しお休みしてくださいね」

お菓子作りが好きな手嶋だが、先日、思い立ってシフォンケーキを焼いた。その際、途中で十数年使ってきた、相棒の電動ミキサーが動かなくなってしまい、仕方なくメレンゲを手で泡立てたのだ。

筋肉痛になるのは覚悟していたのだが、痛みが引かず、もしかしたら筋を痛めてしまったのかもしれない、と心配になって診察を受けたのだが、涼聖の様子からすると、あまり心配はなさそうだ。

「よかったわ、大したことなさそうで」

「まだ分かりませんよ。痛みが引かなかったら、街の病院で検査を受けてもらうことになるかもしれないし……。多分、心配はないと思うんですけど。とりあえず早急に電動ミキサーを買ってください」

涼聖が笑いながら言うと、手嶋も笑顔で頷く。

「ええ、本当に。そうしないと陽ちゃんにケーキ作ってあげられないもの」

「いつも陽がすみません。あと、伽羅もたびたび伺ってるとか」

手嶋は伽羅の洋菓子作りの師匠で、手嶋にいろいろと習っている。

『手嶋のおばあちゃんのケーキはおいしいだけじゃなくて、デコレーションもすごいセンスがいいんですよねー。あれはなかなか真似できないです』

と常々伽羅は話している。

「お菓子作りは大好きだから……。でも作った分だけ食べるのはさすがに難しくてねぇ。陽ちゃんや伽羅さんが来てくれて、作れるし食べてもらえるし、喜んでるのよ」

穏やかに笑って言った手嶋は、そのまま続けた。

「でも、最近、陽ちゃんの元気がないのが気になってね」

「……ああ、はい」

涼聖も気にはなっているが、どうしようもない。

それは琥珀も同じだ。

琥珀とて陽の望みを叶えたくないわけではないのだが、欲しがっているからという理由だけで、不必要な物を与えることは、陽にとっていいことではない。

だから、買ってやることのできない理由を伝えて、あとは陽がそれを飲み込むのを待つしかないのだが、幼い陽には難しいらしい。

「ランドセルのいらない学校に行くから、ランドセル買ってもらえないって」

手嶋は陽が話していたことをざっくりと伝えると、涼聖は困った顔をした。

「……まだ、確定じゃないんですけど、街の学校へ通わせることになるので、それならいっそ、伽羅が出た学校へ通わせるのがいいんじゃないかって話をしてるんです。とてもいいところで、そこの校長っていうか理事長と琥珀も知り合いなので、喜んで受け入れるって言ってもらえてるようで」

「そうなのね」

中途半端に隠すよりは、大枠で流れを伝えたほうが誤解がないし、細かい部分はみんなが好意的に補完してくれるのは分かっているので、涼聖も伝えられる範囲内で伝えた。

「陽は、テレビのコマーシャルを見て、一時的にランドセル熱が上がってるだけだと思うんですけど、一番盛り上がってる時に買わないかもしれないってことになったので」

「反動が大きかったのね」

「そうだと思います。すみません、心配かけて」

謝る涼聖に手嶋は頭を横に振った。

「いえいえ、おばあちゃんたちが勝手に心配してるだけなのよ。若先生や琥珀ちゃんが、陽ちゃんのお願い事を理由もなくダメだって言うわけがないって知ってはいるんだけれど」

孫には弱いのがおばあちゃんだから、と手嶋は笑い、診察用の丸椅子から立ち上がった。

「ありがとうございました」

手嶋は診察の礼を言い、診察室の外に出る。

一人残った涼聖は、陽の愛され度を再認識したのだった。

◇◆◇

手嶋が得た情報は午後には集落の半分の世帯に行きわたり、翌日の昼前には陽を心配していた全員が成り行きを知ることになった。

「なんとかしたげたいけど、よその家の教育方針に口出しはできんしねぇ……」

「じゃけど、気がかりじゃねぇ。今朝も元気がのうて……」

原因を知り、理解をしても陽の元気がないとみんな、胸が痛い。

「なんとかできんもんじゃろうか……」

そこかしこで「陽のおばあちゃん」を自認する女性陣は思案する。

その中、塚原《つかはら》という女性が名案を思いついたように手を叩いた。

「そうじゃわ！」

「何が？」

隣にいた長岡《ながおか》が怪訝《けげん》な顔をする。

「子供だましじゃけど、ちょっとは陽ちゃんの気がまぎれるかもしれんわ」

そう言って思いついたことを口にすると、みんなが「ああ」と納得する。

「そりゃええわ」

「様子見てみんと分からんから、まだナイショね」

シーっと唇の前に人差し指を立てたあと、老女は自分の家に戻って行った。

そして午後。

診療所で昼食を終えた陽は、また散歩に出た。

「陽、気をつけて行けよ」

涼聖が声をかけると、陽は頷くと「いってきます」と言って昼食を食べる奥の部屋をあとにする。

少しずつ元気になっているような感じはするものの、それでもいつもの見ているだけでこっちまで元気になれそうな様子からは程遠い。

「……なあ、琥珀」

「だめだ」

何も言っていないのに、琥珀は否を言い渡してくる。

「まだ何も言ってないだろ？」

「言いたいことは分かっておる。ランドセルとかいうカバンのことだろう？」

「ああ。陽が欲しがってんのは昔っからある黒いやつで、どこのメーカーからも出てる。だから値段もそんなにしない」

あれだけ落ち込んでいるのだから、と続けようとしたのだが、琥珀は頭を横に振り先に口を開いた。

「涼聖殿、これは値段の問題ではないのだ。将来、陽は稲荷となり人の願いを叶える側に回る者。人の願いは多岐にわたる。その中でどの願いを叶え、どの願いは差し控えるか、その基準は我らの匙《さじ》加減一つだ。むやみやたらと願いを叶えることは、神としての品格を問われることになる。品格が下がった神は余計な干渉を受けやすい。……野狐《やこ》となる可能性すらあるのだ」

野狐と聞いて、涼聖はハッとした。

琥珀の友人である秋《あき》の波《は》が野狐化したのは未だ新しい記憶だ。

幸い、秋の波は命を奪われるには至らなかったが、消滅してもおかしくないギリギリのところだった。

現に、今は子供の姿でいるのが限界だ。

長い年月をかけ、これから再び大人になるらしい。

もし、陽が同じ目に遭うようなことがあったら、と思うとぞっとした。

「悪い…、余計なことを言った」

「いや、涼聖殿が陽の気持ちを慮ってくれているのはよく分かるし、嬉しく思っている。だが、陽には『叶えられぬ願いもある』ことを知るのも、また大事なのだ」

琥珀の言葉に涼聖はため息をついた。

「この前のおまえじゃないけど、子育ては難しいな」

「そうだな」

「でも、陽にはいっつも笑っててほしいんだよな……。あー、俺、史兄のこと笑えねぇな」

兄の聖史のことを思って涼聖は苦笑し、琥珀も同じく苦笑した。


昼食後の散歩に出た陽は、行くあてもなく歩いていた。

今日はここに行こう、と目標を持って歩くこともあるが、たいていはいくつかあるルートから気の向くままだ。

だが、足取りは重い。

もちろん、ランドセルを買うのを断られた直後に比べれば気持ちは幾分か落ち着いているのだが、診療所でテレビがついていれば、ランドセルの歌が聞こえてくることが多くて、つらい。

——でも、ほんぐうのみんなは、ランドセルもってなかったし……。

稲荷神になるための勉強は、人間の小学校ではできないことは理解している。

人間ではない自分が、人間の小学校に通うことができないことも、理解できた。

けれど、

――ランドセル、かっこよかったな……。

コマーシャルの映像が脳裏に蘇って、憧れが募る。

じわっと涙が浮かんで来た時、

「ああ、陽ちゃん、来た来た」

少し先の塚原家の前に少し心臓の悪い中谷《なかたに》や、長岡、山守《やまもり》といった顔見知りの老女たちがいて、陽を笑顔で手招きする。

陽は少し足早に彼女たちに近づいた。

「おばあちゃんたち、こんにちは」

行儀よくぺこりと頭を下げて挨拶をする陽に、

「よかった、陽ちゃんと会えて」

「陽ちゃんに、ちょっと見てほしいもんがあってねぇ」

にこにこして言う塚原と、それに頷く老女たちに、陽は首を傾げる。

「みてほしいもの？」

「そう。家に入って」

塚原が玄関の扉を開けて陽に入るように促す。

「おじゃまします」

何度か来たことのある家なので陽も遠慮なく上がった。

そしていつものように居間に通されたのだが、こたつテーブルの上に風呂敷で覆われた何かが置かれていた。

気になりつつも、案内された場所に腰を下ろしたところで、

「陽ちゃん、見ててね」

ジャーン、と効果音を口で言うのと同時に風呂敷が取り払われ、そこに現れたのは陽が欲しいと思っていた黒いランドセルだった。

「……！　ランドセル！」

陽は初めて見る本物のランドセルに目を見開く。

「そう、ランドセル。陽ちゃん、ランドセル欲しかったんじゃろう？」

「うん！　でも、こはくさまが、つかわないがっこうにいくからだめって……」

もしかして、陽が欲しがっていたから、みんなで買ってくれたのだろうか？

もしそうなら、それはそれで琥珀が困るかもしれない。

琥珀がダメだと言った理由もちゃんと理解できているので、今度はそれが心配になった。

「これはね、おばあちゃんとこの子供が使っとったランドセルなんよ」

塚原には息子と娘がいて、今は二人ともここを離れてそれぞれに家庭を持っているが、年に一度は様子を見に帰ってきている。

陽も、その時にたまたま通りかかって、ちらりと見たことがあるが、涼聖よりまだ年上の、おそらくは四十代半ばくらいだろうと思われる男の人だった。

「じゃから、お古じゃけど、陽ちゃん背負ってみんかと思ってね」

その言葉によく見てみると、確かにあちこちに擦り切れた跡があるが、大きな型崩れもないし、三十年も前の物にしては状態がいい。磨いてくれたのか新品のように、とはいえないまでも柔らかな光を反射しているところもある。

「……いいの？　おばあちゃん、ずっとだいじにしまってあったんでしょう？」

綺麗にしまってあったということは、それだけ大切な思い出の品ということだ。

それを陽が背負っていいのかと思う。

「ええんよ。ほら、背負って背負って」

塚原はランドセルを手に取ると陽のほうへと差し出す。

陽はドキドキしながらランドセルを手に取った。

それはずっしりと重かったが、これがランドセルの重さなのかと思うと感動した。

立ち上がり、手伝ってもらいながら背負う。

「あらー、可愛い！」

「肩ひも、一番短いとこにしとるけど、まだちょっと長いねぇ」

「それは仕方ない、仕方ない」

女性陣は手を叩いて喜び、可愛い可愛いを連発し、そして携帯電話でお約束の撮影を始める。

陽はランドセルを背負えているのが嬉しくて、ピョンピョン跳ねた。

「ランドセル、すごい！　うれしい！」

陽は久しぶりに弾けるような笑顔を見せて、女性陣はその様子にほっとする。

姿見をもって来て陽に自分の姿を確認させたり、撮影した写真を見せたりして一通りの撮影会が終わると、全員、再びこたつ前に腰を下ろした。

もちろん、陽も腰を下ろしたが、嬉しくてランドセルは背負ったままだ。

「じゃけど、ようランドセル残してたねぇ」

長岡にしみじみと改めて言われ、塚原は苦笑した。

「じゃって、これ、牛革なんよ、合皮じゃのうて。もったいのうて、すぐには捨てられんでねぇ」

塚原いわく、そのうち何かに使えることがあるかもしれないと思って残しておいたのだという。

ミニチュアランドセルを作ってくれるサービスに出して残すことも考えたが、わりとそこそこな値段がするので躊躇《ちゅうちょ》してしまい、そのうち「使わないけど捨てるには忍びない」と置いたままになっていたのだ。

「断捨離《だんしゃり》、とか終活《しゅうかつ》とか、いろいろ言うけど、なかなか踏ん切りがねぇ。いいじゃないこれくらい納戸に置いてあっても、いう気持ちのほうが強うてね」

「あるある。昔と違って旦那と二人じゃと、空いてる部屋があるくらいじゃもん」

「まあ、今日はそれが功を奏したわねぇ。合皮だったら今頃ボロボロになって使いものにならなかっただろうしねぇ」

長岡と中谷が頷き合いながら言う。

「ちょっとクリーム塗って磨いたら綺麗になってくれてよかったわ」

塚原はそう言って思い出のランドセルに目をやる。

陽は陽で、ランドセルを背負っていることが嬉しくて、にこにこが止まらない。

その様子に、女性陣は「よかった」とほっこりしたのだった。


ひとしきり話をしたあと、陽はどうしてもランドセルを背負って外に出たくなった。

そこで、ランドセルを背負って散歩に行っていいかと塚原に相談したところ快諾され、陽は早速、ランドセルを背負ったままで散歩に出かけた。

ランドセルを背負った分、体は重くなっているはずなのに、診療所を出てきた時よりも全然軽くなった気がする。

歩くたびに背中でランドセルが揺れるのが嬉しくて、陽は知らずのうちに笑顔になっていた。

「あーらぁ、陽ちゃん！　ランドセル！」

外に出ていた住民が目ざとく陽の姿を見つけ、声をかける。

「うん！　つかはらのおばあちゃんが、かしてくれたの！」

いつもの元気いっぱいの笑顔で返事があった。

「そうなの。よかったわねぇ……。あ、写真撮らせて」

元通りの様子を見せる陽に安堵して、写真を撮る。

一通り写真を撮り終えると、陽は「おさんぽのつづきをしてきます」と言って、スキップをしそうな勢いでまた歩き始めた。

行く先々で声をかけられるのはいつものことだが、今日は久しぶりに写真撮影も始まり、散歩といってもなかなか進まない。

それでも陽は嬉しくてにこにこしながら、佐々木の作業場に入った。

「おじゃましまーす」

挨拶をしながら中に入ると、佐々木と孝太、それから大人のツリーハウス友の会の関《せき》と北島《きたじま》がいた。丁度休憩時間らしく三人とも、お茶を飲んでいた。

「陽坊、よく来たな」

佐々木がいつものように迎え入れ、関と北島が軽く手を上げる。

「いらっしゃいっス……あれ？　陽ちゃん、それランドセルじゃないっスか！」

そして孝太はすぐに陽の背中のランドセルに気づいて、驚いたように言った。

「うん！　つかはらのおばあちゃんがかしてくれたの！」

「塚原の…。ああ、やっちゃんのか。まだ取ってあったんだなぁ」

関が感動したように言う。

「おさんぽのあいだ、かしてもらってきたの」

陽は嬉しそうに言って、くるくる回る。

「陽ちゃん、似合ってるっスよ」

そう言った孝太に、佐々木は視線を向けると、

「孝太、写真撮っとけよ」

と命じ、孝太もすぐさま「了解っス」と返して即座に携帯電話を構える。

「陽ちゃん、ちょっと写真撮るっスねー」

孝太はポーズを指定しながら陽の写真を撮っていく。なお、関と北島も孝太のすぐ隣で携帯電話を構えて撮影を始めた。

プチ撮影会のあと、陽は四人と一緒にお茶を飲んだ。その間もずっとランドセルは背負ったままだ。

そして休憩時間が終わる頃、陽は仕事の邪魔をしてはいけないので、作業場をあとにし、散歩の続きをする。

――このまま、かわのほうへいって、かわぞいのみちからじんじゃにいって、さいじんさまにランドセルみせて……。

うきうきしながら川のほうへと歩いて行くと、丁度橋を涼聖の車が渡って来るところだった。どうやら往診の帰りらしい。

涼聖はすぐに陽を見つけ、ピッ、と小さくクラクションを鳴らした。

「りょうせいさん!」

橋を渡りきったところで車を停めた涼聖に陽は走り寄る。

「りょうせいさん、おうしんおつかれさま」

運転席側に回ってきて笑顔で労ってくる陽に、窓を開けた涼聖は、

「ありがとなー」

と言ったあと、遠目からでも気になっていたことを聞いた。

「陽、そのランドセル、どうしたんだ？」

すると、陽は久しぶりの満面の笑みを見せながら言った。

「あのね、つかはらのおばあちゃんが、おうちにあったのをかしてくれたの。むすこさんのなんだって！」

「息子さんの……、まだ取ってあったのか…」

塚原は涼聖の両親よりも年上で、その息子は会ったことはないが、塚原の話から涼聖より十歳近く年上だった気がする。

「綺麗に残してあるし、大事な物なんじゃないのか？」

「うん。だから、おさんぽのあいだだけ、かしてもらったの」

陽がランドセルへの憧れを募らせていることは、集落では周知されている。そして、将来的にランドセルを使用しないので、購入してもらえないかもしれないということも、手嶋に話したのでそこから知れ渡ったのだろうと予測できた。

かといって、家庭の事情に踏み込むことはできないし、それなら家に置いてあるものを背負わせて、「ランドセルを背負う体験」をさせてやろうという流れになったとしても不思議はない。

「そうか、よかったな。でも、大事な物だから、そろそろ返しにいかないか？　俺もお礼を言いたいし。それとも、まだどこか行く予定だったか？」

「えっとね、さいじんさまにみせにいこうかとおもってたの。でも、おしゃしんとってもらったから、さいじんさまには、こんどそれをみせる」

　大事な物を長く借りているのはいけない気がしたし、涼聖が一緒にお礼を言いに行ってくれるならそのほうがいいと思ったので、陽は涼聖の車に乗り、塚原の家に向かった。

　塚原の家では、先ほどの女性陣がまだいて、楽しげな声が聞こえていた。

「塚原さん、こんにちは」

「つかはらのおばーちゃーん」

　玄関から名前を呼ぶと、ややして奥から塚原が姿を見せた。

「あらあら、若先生いらっしゃい。陽ちゃん、もうお散歩終わったの？」

　塚原が目を細めて言う。

「うん！　すごくたのしかった。みんないっぱいおしゃしんとってくれたの。ランドセル、ありがとうございました」

　陽はぺこりと頭を下げてから、背から下ろして手に持っていたランドセルを塚原に差し出す。

「いえいえ、どういたしまして」

　そう言う塚原に、涼聖も頭を下げる。

「本当にありがとうございます。陽のために、大事な物をわざわざ出していただいて」

「いいのよぉ。捨てるのが忍びなくて置いてあっただけなの。陽ちゃんが喜んでくれたほうが何倍も嬉しいし。おばあちゃんのおうちに置いておくから、陽ちゃんの好きな時に来て、持って行けばいいわよ」

塚原はそう言って陽の頭を撫でる。

あげる、と言わないのは、大事なものだということ以上に、涼聖や琥珀のことを思ってのことだろう。

陽が使わないかもしれないので、購入しないと言っているものを、陽が欲しがっているからという理由だけで渡すのは二人の方針に反してしまう。

それは結果的に陽にもよくないと理解してのことだ。

「おばあちゃん、ありがとう」

陽はもう一度お礼を言って頭を下げ、涼聖も頭を下げる。

「じゃあ、陽、そろそろ帰るか」

「うん。おばあちゃん、またね」

陽が笑顔で手を振ると、

「うん、またおいでね」

塚原も笑顔で見送った。

3

塚原からランドセルを貸してもらった陽の機嫌はすこぶる回復した。

「ホント、陽ちゃんの愛され度の高さってすごいですよねー」

その夜、陽が眠りについてから、伽羅は孝太を始めとする集落の住民から伽羅の携帯電話へと送られてきたランドセル姿の陽の写真を琥珀と涼聖に見せる。

「そうだな。……ありがたいことだ」

微笑みながら写真を見て琥珀は言う。

「こっちのメンツがつぶれないように考えてくれてるしな」

「ほんと、いい人たちばっかりですよねー」

と、琥珀、涼聖、伽羅の三人は集落の住民たちに心から感謝をする。

しかし、面白くないわけではないがもやもやとしたものを持つ者が集落の中にはいた。

集落の陽のおじいちゃんを自認する面々である。

陽に何かしてやりたいと思いつつも「じゃあじいちゃんたちでランドセルを買ってやるか！」という案はすぐさま却下され、どうしてやればいいのかと悩んでいたところ、おばあちゃん隊の「お古のランドセル作戦」を聞き、多少出し抜かれた感があったのだ。

「わしらも何かしてやりたいと思わんか」

佐々木の家の裏庭にある大人のツリーハウスでは、友の会の面々以外のおじいちゃん隊——もと金継ぎ士の瀬戸崎《せとざき》や、鶏を飼っている野村《のむら》に、大動脈破裂から生還した後藤《ごとう》、診療所でよく陽とリバーシをしている坂本《さかもと》などが集まって、酒を飲みながら作戦を練っていた。

とはいえ、妙案をすぐに思いつくわけではない。

「しかし可愛いのう……」

「本当にな」

思いつかないので、今日、孝太と関が撮影した陽のランドセル画像をみんなで見る。そしてひとしきり愛でたあと、

「孝太、おまえなんか思いつかんか？」

佐々木がスルメを肴《さかな》にビールを飲んでいた孝太に視線を向ける。

「何かって、何スか？」

「陽坊を喜ばせる何かだ。おまえさん、面白そうなことには目鼻が利くじゃろ。夏もキャンプしたりカブトムシ取りに行ったりしとったじゃないか」

佐々木は言う。

夏休みにやってきた涼聖の甥《おい》っ子の千歳と、そして陽の三人で、孝太は廃校になり、今は集落の大集会所として使われている小学校の運動場でキャンプをした。

水回り設備を小学校で使えるので、子供連れでも丁度よかったのだ。

「んー……そうっスねぇ」

孝太は腕組みをして、しばらく左右に体を動かしたあと、

「いっそ、みんなで小学校やっちゃうってのどうっスか？」

突拍子もなく聞こえることを言いだした。

「小学校をやるって……」

「それは無理だろう？　どれだけ金がかかると思ってんだ？　私塾ってことか？」

「私塾ってぇと松下村塾《しょうかそんじゅく》みたいな、か？　それでも金がかかるだろう」

全員が孝太を見る。それに孝太は頭を横に振った。

「違うっスよ。小学校、あるじゃないっスか。そこで一日だけ模擬授業とかやって陽ちゃんに登校してもらったらいいんスよ」

孝太の提案に、おお…、と全員がどよめく。

「使えるかどうか分かんないっスけど、調理室かどっかで炊き出しして、集落のみんなにも来てもらって、全員で給食とか楽しくないっスか？」

「おまえ、いいこと思いつくな……」

佐々木が唸《うな》る。

「授業は永瀬《ながせ》の郁三郎《いくさぶろう》さんに頼んだらどうじゃろ？　小学校の先生じゃったしな」

「そりゃええな」

「体育はみんなで外で遊べばいいっスし、家庭科は給食作りを手伝ってもらえばＯＫだし」

気軽なノリで話は進み、ついでに酒も進んだのだった。

そして数日が経った頃、陽が涼聖と琥珀と一緒に診療所にやって来ると、ポストに一通の封筒が入っていた。

切手が貼られているわけではなく、直接ポストに入れられていたのが分かる。

そして宛名は「こうさか　はる　さま」と陽宛てになっていた。

「お、陽宛ての手紙だな」

ポストから取り出した封筒を陽に見せながら涼聖が言う。

「おてがみ？　だれから？」

陽は首を傾げた。

陽宛てに手紙を送ってくるのは、月草《つきくさ》か、千歳くらいだ。

だが、月草の場合は伝書鳩《でんしよばと》がやってくるし、千歳の場合は家のほうに送ってくる。

診療所宛てに手紙を送ってくる人物の見当がつかなかった。

「中に入ってゆっくりと見ればよい」

琥珀はそう言って、診療所の中に入るように促す。

そして奥の部屋に荷物を置き、待合室に腰を落ち着けたところで、封筒が開封され、中に入っていた手紙は陽に渡された。

「……かんじ、たくさん。こはくさま、よんで」

だが、漢字がいっぱいで読めず、陽はすぐさま琥珀に渡す。それを受け取った琥珀は手紙を読み始めた。

「香坂《こうさか》陽様。このたび、小学校にて一日登校日を開催することになりました。つきましてはご参加をお願いします。時間割は別紙の通りです」

琥珀がそこまで読んだところで涼聖が口を開く。

「一日登校日か……、すごいな」

「いちにちとうこうびって、なに？」

意味が分からない陽はキョトン顔で涼聖を見る。

「一日だけ、小学校へ勉強をしにこないかってことだ。つまり、一日だけ小学生になるってことだな」

涼聖の説明に、陽は目を大きく見開いた。

「しょうがくせい！　なりたい！」

そう言ったあと、琥珀を見た。

「こはくさま、いいですか？　いちにちだけ」

「そうだな。何事も体験しておくのはよいことだな」

琥珀は微笑んで許可を出す。それに陽は飛び跳ねて喜んだ。

「やったー！　しょうがくせいだ！」

その様子に琥珀と涼聖は目配せをしあう。

『一日登校日』のことは、事前に佐々木たちから打診を受けていたのだ。

陽のためにわざわざそんなことまで企画してもらうのは申し訳がないと断ろうとしたのだが、孝太いわく、

「おばーちゃんたちにしてやられたっていうか、手柄とられた、みたいな気持ちも最初はあったみたいなんスけど、例によって計画立て始めたら自分たちがノリノリになって、やりたいモードなんスよ」

らしいので、ありがたく好意を受け取ることにしたのだ。

「いちにちとうこうびって、いつ？」

「今週の水曜日だ。診療所があるから、午前中の授業は見てやれないけど、昼飯は小学校で一緒に食おう。午後の授業は参観できるし」

「さんかん？」

「陽が学校でどんなふうに勉強するのか、俺と琥珀が見学するってことだ」

「おべんきょう、がんばる！」

陽はわくわくとウキウキが止まらない様子で何度もピョンピョン飛び跳ねる。

「あとで、塚原殿のところに行って、ランドセルを借りてこなくてはな」

琥珀が言うと、陽は笑顔で大きく頷いた。

◇◆◇

水曜日、陽は登校時間と書かれていた朝の八時四十五分に、涼聖と琥珀に連れられて小学校にやってきた。

「あ、こうしゃのドアがあいてる」

グラウンドにいつでも遊びに来られるよう、校門は開けられているが、校舎は閉められていることがほとんどなのに、今日は開けられていた。

中に入ると下駄箱の並んでいるところに、永瀬が立っていた。

「陽ちゃん、おはよう」

にこにこと笑って永瀬が挨拶をしてくる。

「ながせのおじいちゃん、おはようございます」

陽は行儀よく頭を下げて挨拶をする。

「いつもいい挨拶ができるねぇ。今日は一日、じいちゃんが学校の先生をするから、頑張って一緒に勉強しようね」

永瀬の言葉に陽は元気に頷く。

「うん！　がんばる！」

「永瀬殿、今日は陽がお世話になる」

琥珀が永瀬に頭を下げ、涼聖も、

「一日、お願いします」

続けて頭を下げた。

「いやいや、こっちこそ楽しいお役目をもらって喜んどるよ。じゃあ、陽ちゃん、ここが陽ちゃんの下駄箱じゃから、靴を脱いでここに入れて、スリッパに履き替えようか」

永瀬が指差した下駄箱には真新しいシールが貼ってあり「こうさか　はる」と書かれていた。

「ここ、ボクの？」

今日一日だけのこととはいえ自分の名前を書いた下駄箱が準備されていて、陽は嬉しかった。

「じゃあ、陽、頑張れよ」

「永瀬殿のおっしゃることをよく聞くのだぞ」

涼聖と琥珀はそう言って、永瀬と一緒に教室へと向かって行く陽を見送った。

永瀬に連れられて陽が向かった教室には「一ねん一くみ」と書かれていた。

「ここでおべんきょうするの？」

陽が問うと永瀬は頷く。

「そうじゃ。はい、ドアを開けて」

言われるままドアを開けた陽は、中にいた人物を見て驚いた。

「……こうたくん！」

教室の中には机とイスが三つ、そして黒板の前に教卓が置かれていた。

その机のうちの一つに孝太がついていたのだ。

「陽ちゃん、おはようっス！　今日、一日同級生の岩月《いわつき》孝太っス。よろしくお願いします」

孝太が笑って立ち上がり、挨拶をしてくる。

陽一人で授業を受けさせるのは寂しいだろう、ということで、一番年齢の近い孝太が同級生として一緒に授業を受けることになったのだ。

陽は孝太に走り寄ると、

「おはようございます、えっと、こうさかはるです。よろしくおねがいします」

同じように名乗って挨拶をする。

「じゃあ、自己紹介が終わったところで、一時間目の国語の授業を始めようか」

永瀬が言う。それに、孝太がちょっと待ってください、と言って携帯電話を操作すると、孝太の携帯電話から学校のチャイムの音が鳴り響いた。

「本格的じゃなぁ。じゃあ、教科書はこれを使うから、陽ちゃんと孝太くんはノートと筆箱を出して」

永瀬の指示に、陽は塚原に借りてきたランドセルの中から持ってきたノートと筆箱を取り出す。

そして、ふっと見てみると孝太もランドセルを持ってきていた。

だがそのランドセルは赤い。

「こうたくん、ランドセル……」

「あ、塚原のおばあちゃんに借りてきたんス。娘さんが使ってた赤いやつ」

やっぱ小学校っていったらランドセル持ってかないと！　と孝太は笑って言い、陽も「うん」と大きく頷いた。

小学生よりも幼い陽のことを考え、授業一コマは三十分に設定された。

午前九時から始まった授業は、間にちゃんと休憩時間を挟んで、午前中に四時間分の授業が設定されていた。

一時間目は国語、二時間目は算数、三時間目は理科で、四時間目は昼食作りの手伝いを兼ねた家庭科だった。

四時間目の家庭科で調理室に行くと、そこには集落のおばあちゃんたちがいて、みんなで楽しげに給食を作っており、その中には当然のように伽羅もいた。

「陽ちゃん、来ましたねぇ」

伽羅が笑顔で陽を迎え入れる。

「あ、きゃらさんだ！」

「ちゃんとお勉強しましたかー？」

伽羅が問うと、孝太と手を繋いでいた陽は孝太を見上げ、互いに笑顔になった。

「したよ！　こうたくんもいっしょにべんきょうしたの」

「がんばったっスよね」

「そうですかー。じゃあ、もう一頑張りしてもらいましょうか」

　伽羅の言葉に、

「何、手伝ったらいいっスか」

　孝太が問うと、陽には市販の使い捨ての弁当箱に、でき上がっている料理を詰めていく作業が割り当てられ、孝太には重い鍋を移動させたり、食材が詰められ終わった弁当箱をみんなでご飯を食べる会議室に運ぶという、調理ではなく、肉体労働が割り当てられた。

　もちろん肉体労働は伽羅にも割り当てられて、二人で仲良く分担する。

　そして順調に準備が整ったころ、昼食会に参加する住民がぞろぞろと会議室にやってきた。その中には今日は早めに午前中の診療を終えた涼聖と琥珀もいて、今日、たまたま神社にお参りに来た伽羅を祀《まつ》っているシゲルも昼食会に参加した。

　集落の半数近い住民が集まっての昼食会はかなり好評だった。

　昼食のあと、集まった住民はそれぞれ目的別に準備された教室に移動し、そこで囲碁や将棋をしたり、手芸を楽しんだりし、陽と孝太は五時間目、この日最後の授業だ。

　体育だったがドッジボールで、参加する住民も多く、もちろん、琥珀と涼聖、そして伽羅とシゲルも参加し、二組に分かれての大会になった。

「陽ちゃん、がんばって、がんばって！」

「琥珀ちゃん危ない、逃げてー」

　観戦する女性陣から応援の声が上がり、

「孝太っ！　社長さんを狙え」

「社長さん、若先生の後ろに隠れろ」

男性陣からはボールを手にした孝太と、狙われているシゲルへの指示が飛ぶ。

最終的に、一年一組の生徒――つまりは陽と孝太だ――が所属するチームが勝ったところで、この日のすべての授業が終わったのだった。


「陽、学校はどうだった？」

全部の授業が終わったあと、陽は朝と同じように涼聖と琥珀の二人に手を引かれて診療所へと帰って行く。

その帰路で涼聖が今日の感想を聞いた。

「すっごくたのしかった！」

陽は満面の笑みで即座に返す。

「そうか、それはよかったな。みなにまた、礼を言わねばならんな」

微笑みながら返す琥珀に、陽は笑顔で頷く。

そんな三人の様子を、

「もー、なんなんですかー。その新世紀家族みたいな雰囲気ー。俺だっているのにー」

後ろからシゲルと一緒についてくる伽羅はボヤき、

「いやー、私も楽しかったですよー。ドッジボールなんて何十年振りかって感じでしたけれど、童心に返るっていうのは必要なものですねぇ……。社員のレクリエーションに取り入れようと思いましたよ」

社員思いのシゲルは笑いながら言った。

そして、小学校に集まった他の住民たちは、せっかく集まったのだからとそのまま宴会を始め、こういう集まりがときどきあってもいいな、という結論に至り、季節ごとに一日登校日という名目の集会日を作ろうという話に発展したのだった。

おわり

神々の宴
CROSS NOVELS

1

人界とは薄い次元の層で隔てられた場所に、神々の住まう世界がある。

薄い層ではあるものの、人の身でたやすく越えられるものではなく、重なっていながら分離している場所である。

その世界の一角に、稲荷《いなり》神の本宮がある。

本宮を統べるのは九尾を持つ神聖な白い狐であり、その指揮の下、本宮は運営されている――のだが、

「白狐《びゃっこ》様！　いつまで惰眠を貪るおつもりなんですか！」

その長《おさ》であり、神聖な白い九尾の狐は、私室でくつろいでいるところを、側近による急襲を受けていた。

「ん…ぁ…？　あ？」

完全にくつろぎ、いつものごとくおなかを天井に向けた、いわゆるへそ天状態で昼寝をしていた白狐は、突然の急襲に戸惑った様相で目をぱちくりさせた。

そして、何度か瞬きをしたあと、

「なんじゃ、細枝でおじゃるか……」

急襲してきた相手が側近の細枝《ささらえ》だと見定めると、あくびを一つして、横寝の姿勢になる。

「細枝でおじゃるか、じゃありません。昼寝の時間をもう三十分も過ぎてるんですよ？　寝過ぎです。かえって体によくありません」

「寝不足なのでおじゃる。あと十分……」

そう言って畳に顎をつけて再び寝ようとする白狐の頭を、細枝はしっかりと捕まえた。

「白狐様、だめです。もう準備をしていただかないと、間もなく元伊勢《もといせ》より使者の方が到着なさいます」

細枝の言葉に白狐は小さくため息をついた。

「そうでおじゃったな……」

「そうです。そんな眠気眼でお迎えしないでくださいよ。ほら、起きてください」

ちゃきちゃきと段取りを組む細枝に尻を叩かれる形で白狐は起き上がる。その白狐の顔に細枝は準備してきた濡《ぬ》れタオルを押し当てて、綺麗《きれい》に拭きあげる。

「そなた、手際がよいのう」

「もう五十年も白狐様にお仕えしておりますから」

「五十年前は、我に声をかけるのにも戸惑う可憐《かれん》な有様であったが……」

「五十年前は、白狐様にまだまだ夢と希望でいっぱいでございましたから」

にっこり笑って返した細枝に「そなたも言うようになったのう」と呟きながら、白狐は軽く伸びをする。

「使者殿の迎えの準備は整っておるでおじゃるな？」

そう聞いてきた白狐の声音は、先ほどまでの半分気の抜けたものではなく、本宮の長としてのものだった。

その声に細枝は背筋をただす。

「万事滞りなく」

「うむ。では控えの間に向かうでおじゃる」

立ち上がった白狐が襖戸へと向かう。細枝はそっと先回りをして襖戸を開け、白狐が廊下に出ると戸を閉める。

本宮の中では特別な事情がない限り、みな人の姿を取っているのだが、唯一、当代の白狐だけは狐姿のままだ。

白狐いわく、

『服を着るのが面倒でおじゃる』

らしい。

本当はもっと深い事情があって、それを隠すための冗談だとたいていの者は思っているのだが、五十年仕えてきた細枝は、実はガチで本心ではないのだろうかと思っている。

とにかく、長として人前にいる時は、そのたたずまいも、凛《りん》とした声も、さすがは本宮の長、と言いたくなるほどのものなのだが、気が抜けた姿の時は「酷い」とまでは言わないが、「ああ、あんまり自分たちと変わらないんだな……」とちょっと遠い目をしたくなる。

側近に抜擢《ばってき》された五十年前は、「人前にいる」時の白狐の姿しか知らなかったため、ものすごく緊張していた。

だが、側に仕えるうち、白狐の普段の姿をよく見るようになって、夢は少しずつ覚めた。

とはいえ、それと同時に覚めた「夢」はこちらが勝手に過剰に見ていたものだということにも気づいた。

白狐はその緩やかな口調や掴みどころのない性格からはあまり知られていないが、激務をこなしている。

白狐の側近は複数名いて、交代制だ。

だから、休む時はきちんと休めるのだが、白狐はそうもいかない。

眠っている時でさえ、本宮内に異変があればすぐに察知できるように気が張り巡らされているのだ。

九尾であれば造作もないこと、と白狐は言うが、大変なことには変わりないと思う。

気を緩められる時は、存分にくつろいでもらい、白狐が少しでも煩わされることなく日常の業務ができるように、そして人前に立つ時には細枝が憧れていた姿を皆に見てもらえるよう、仕えるのが側近の役目だと今は思っている。

——さあ、もう少し頑張ろう！

細枝はそっと胸のうちで自分を鼓舞した。

使者との面会が終わり、自室に戻った白狐はほんの少しくつろいだあと、すぐさま次の仕事に移る。

基本的には事務方からの報告を聞き、変更が必要なものにはその場で指示を、少し考えて答えを出す場合には保留扱いで書類を置いて行かせ、あとで改めて決裁を告げる。

「以上が本日午後三時までの報告と処理です」

事務方が報告を終えると、白狐は鷹揚《おうよう》に頷《うなず》いた。

「報告のとおりに処理しておじゃれ」

「畏まりました。次に、本宮への一時帰還と休暇願いの出ている稲荷についてなのですが……」

本宮には毎日、各地に勧請《かんじょう》されている稲荷の誰かしらが戻ってきている。

単純に休みを取って来ていることもあれば、報告のための帰還であったり、陳情のためであったりいろいろだ。

その中、白狐が気になる稲荷がいれば直接会うが、そうでなければ担当部署の稲荷が対応する。

戻ってくる稲荷も、よほどのことでなければ白狐と会わせろなどとは言わないのだ。

側近たちから見て「ユルユル」なところは「鷹揚」に、意外に「ざっくり」なところは「くだけた」といいほうに印象変換されるほど白狐は気軽に会うことのできない存在になっている。

長く本宮仕えをしていても、時々白狐がやらかすいろいろな騒ぎについては、親しみやすいキャラ作りのため、と思っている稲荷もいるのだ。

——多分、素です、あれ。

と、つい言いたくなるのを側近たちは皆、こらえている。

夢は夢のままにしておくほうがいいこともあるのだ。

「……で、次に休暇の願いですが、別宮の玉響《たまゆら》殿が再来週に二日間との申請が出ております」

報告に挙がった名前に白狐が反応した。

「ほう、玉響殿が」

「はい。既に別宮での調整はすんでいるとのことです」

玉響というのは金毛九尾の才媛だ。稲荷神のみならず他の神々の間にもその美貌をとどろかせる稲荷である。

現在は本宮を出て、七尾、八尾の精鋭を率いて別宮の長として日々激務をこなしている。

「また秋の波《あきのは》に会いに来るでおじゃるか……」

「先々月も休暇を取っておいでですので、今回は見送るようにと返事を致しますか？」

休暇には二種類ある。一つは、所属する神域内で休む通常のものだ。その場合、申請は必要がない。わざわざ申請を出す休暇というのは、緊急的な対応もできない——つまり所属する神域の外に出る場合だ。

玉響の場合、別宮の外に出る、ということになる。

「よいよい、仕事を抱え込み休暇を取らぬ癖を、長く案じておったところゆえな。秋の波も喜ぶでおじゃる」

秋の波というのは玉響の一人息子だ。

かつては五尾の成人稲荷だったのだが、いろいろとあり、今は子供の姿に戻ってしまっており、二度目の子供時代を満喫している。

一度目の子供時代は、玉響が別宮に異動したところで思うように休むこともできず親子同士で過ごすことも少なかった。

それゆえ、玉響は秋の波が子供に戻ってしまったことを前向きに捉え、以前はできなかったことをいろいろと楽しもうと、積極的に休みを取って秋の波とともに過ごしているのだ。

「玉響殿は本宮に来るでおじゃるか？」

白狐の問いに事務方の稲荷は申請書に目を向けた。

「いえ、人界に向かわれるようです」

「何、人界に？　買い物に行くでおじゃるか……」

最近、玉響には友達ができた。

月草《つきくさ》という、こちらもまた非常に美しく、玉響と双璧を成す美貌と名高い女神である。

これまでお互いの存在を周囲の噂《うわさ》から聞いてはいたが、ずっと会う機会はなかった。

互いに美しいと褒めそやされている存在ではあるが、本人たちはそれぞれ自分の美貌というものにわりと無頓着だ。しかし、もしも相手が一方的にライバル視していたら、とも思って、敢えて会おうとも思わなかったというのも、理由の一つだ。

あとは純粋に、会う機会がなかったのだ。

しかし、ひょんなことで意気投合し、時折、人界でともに買い物をしたりするような仲になっている。

その買い物の内容が、自分たちの物の時もあるのだが、たいていはそれぞれの子供——月草の場合は可愛がっている陽《はる》という幼狐のためであるが——の物で、秋の波の着ぐるみパジャマコレクションは本宮の稲荷の間でも話題に上るほどだ。

狐の着ぐるみパジャマの時は一部で「もともと狐じゃね？」と物議を呼んだが、「可愛いからヨシ」と結論が出たのは記憶に新しい。

だが、今回は買い物ではないらしい。

「いえ、琥珀《こはく》殿の許へ向かわれるとのことです」

そう聞いて白狐は目を見開いた。

「なんと！　琥珀殿の許へ向かうと！」

「え、ええ……。何か問題がありましたら、行き先を変更するように伝えますが」

事務方は言うが、白狐はそれには答えず、ため息をついた。

「琥珀殿のところか……よいのう…」

「そうですね。琥珀殿がこちらにおいでになることは滅多にございませんから」

琥珀は本宮出身の稲荷ではないのだが、白狐が信頼を重く置いている稲荷である。

本宮の稲荷にも琥珀を慕っている者は多い。

「それもあるでおじゃるが……琥珀殿の許には今、伽羅《きゃら》がおるではないか。……玉響殿と秋の波が向かうとなれば、絶対に伽羅が腕を振るうではないか……。涼聖《りょうせい》殿も玉子焼きを焼くに違いないでおじゃる……ホットケーキも絶品なのじゃ」

しかし、白狐の口から出たのは欲望に忠実な言葉だった。

神という存在は基本的に人間のような「食事」を必要とはしない。

かといって何も食べないわけではなく、「気」を食べているのだ。

捧げられる供物に込められた「気持ち」や、そのものの「生気」を食べるのである。

とはいえ「おいしいもの」は大好きなので、あれば食べる。

「細枝、我もしばらく琥珀殿に会っておらぬゆえ、玉響殿が向かわれる時に同行しようと思うでおじゃる。ゆえに我のスケジュールを調整……」

「この前、お会いになってますよね？　長期のお休みを取って滞在されて、そのあと、クリスマスという行事の時にも遊びに行かれてますよね？」

白狐の言葉を最後まで言わせず、細枝は確認という名の「否」を言い渡す。

「それはそうじゃが、会える時に会っておかねば次はいつか分からぬでおじゃる。今なら黒曜《こくよう》が本宮におるゆえ、我が多少留守にしたとて問題はないでおじゃる」

「確かにそうですが、玉響殿と秋の波殿に加えて白狐様まで訪れられるとなると、先方は大変なのではありませんか？」

基本的に白狐が「こうする」と決めれば、よほどの理由がない限りはそれを実現する方向で動くことになる。

もちろん、素っ頓狂なものの場合――たとえば本宮の厨《くりや》にピザ釜を作れというような、必要のないものの場合は即却下なわけだが、今のような「一見筋が通っている風」なものの場合、少し困る。

古参の側近であれば、

『は？　何ふざけたことをおっしゃってるんですか？　却下です』

と言ったあと、白狐が何と言おうと論破するだろうが、細枝にはまだそこまでの力量はない。よって、問題となりそうな点をあげて、諦めさせる方向に持っていくしかない。

「いやいや、休みの日にふらりと出向くだけのこと。特別な接待など肩が凝るだけゆえ、無礼講でおじゃる。それに陽の様子も気になるでおじゃるからなぁ」

やはり白狐はもっともらしいことを言ってくる。

「では、先方に問い合わせてみます。受け入れが難しいとなったら、諦めてくださいますね」

「もちろんじゃ。我とて無理を押しとおすつもりはないゆえなぁ」

笑って白狐は言うが、細枝は事務方と「どうだか……」とアイコンタクトで胸のうちを伝えあった。

◇◆◇

「え……、白狐様もですか？」

細枝が最初に連絡を取ったのは、琥珀ではなく伽羅だ。

琥珀のところへ行く、ということは、その接待の段取りを琥珀大好きっ狐《こ》の伽羅が、琥珀に代わって行うというのは周知の事実だからだ。

『はい…、玉響殿と秋の波殿がそちらへ向かわれるとお聞きになって、是非にと』

連絡用の水晶玉に映る細枝は申し訳なさそうな表情をしていた。

「そうですか……」

それに返す伽羅の声音も重い。

『あの、御迷惑であれば、適当にこちらで理由をつけて諦めていただくように致しますが』

「いえ、迷惑というようなわけではないんですけど」

そう、別に迷惑と言うほどのことではない。

白狐が無礼講でいいと言うのなら、本当にそれでかまわないのは知っている。実際、以前香坂《こうさか》家に滞在していた時は、伽羅は料理の準備が一人分増える程度の負担でしかなかった。

——師匠が来るって言うよりよっぽど楽っていうか……。

とはいえ、ウェルカムなわけでもない。

理由は二つある。

一つは、そこはかとなく漂う「やらかしそう」な感じだ。

多分大丈夫だと思うのだが「多分」が取れそうな感じもしない。

そして、もう一つが一番の問題だ。

「琥珀殿に会いにいらっしゃると言っても、結局は琥珀殿とともに住んでいらっしゃる香坂殿の住まいにいらっしゃるということになります。香坂殿も白狐様とともに過ごされたことがありますし、嫌だとはおっしゃらないでしょうが……琥珀殿が涼聖殿に対して気兼ねをされるのでは、と危惧しております」

それは事実だ。

実際、涼聖は白狐が来たいと言えば「特別なことは何にもできねぇけど、それでいいなら俺はかまわないぞ」と言うだろう。

だが、そうなると、自分の家でもないのに自分の知り合いがわんさか訪ねてくる、という状況を琥珀が気にするのだ。

『確かにそうですね。では、そのセンで白狐様には今回諦めていただくように伝えてみます』

「申し訳ないのですが」

そう言って水晶玉出のやりとりを終えると、伽羅はため息をついた。

「もー、白狐様は……絶対ピザとか涼聖殿の玉子焼きとか目当てじゃないですかー！」

対細枝仕様だった口調から、いつもの口調に戻る。

「細枝殿、頑張ってくださいよ……」

両手を合わせて祈ってから、伽羅は玉響や秋の波たちが来る日のためのメニューを考える作業に戻った。

さて、翌日。細枝から「今回は見送ってはどうか」と言われた白狐はすっかりしょげ返っていた。

忙しいながらもスケジュールのやりくりはできる見通しが立っていたので、一番の問題はそこだと思っていたから、遊びに行ける気満々だったのだ。

「……はぁ…。じゃが琥珀殿を困らせるわけにもいかぬしな…」

それは決して本意ではないのだ。

「仕方ないでおじゃる……」

こんな時は、気分転換をするに限る。

白狐は私室を出て、稲荷たちの様子を見回るついでに本殿内を歩くことにした。

だが、その足はわりとすぐに止まった。

「あ、びゃっこさま」

七尾の私室が並ぶ廊下で白狐を引きとめたのは、愛らしい子供だった。

「おお、秋の波ではないか。どこぞへ行くのか？」

問う白狐に秋の波は駆け寄ってきて、

「ううん。ひるねしてたんだけど、おきたら、かげともがいなくて、さがしにいこうかなっておもってでてきたら、びゃっこさまがいた」

答えながら白狐に抱きつく。

子供の外見ではあるが、記憶のほぼすべてを有しているため、五尾の稲荷だった頃と中身はほとんど変わりない秋の波だが、感情面が体に引きずられていろいろと幼い。

それゆえの不敬とも取られかねない行動だが、白狐はまったく気にはしていない。

むしろ、気兼ねなくいろいろと甘えに来る秋の波とはいい友達、といったところだ。

秋の波が成長し分別が強くなれば、おそらくこのような関係ではなくなるだろうと思うので、今は存分に現状を楽しむつもりでいる白狐は、秋の波の言動を矯正するようなことはさせていない。

もっとも、秋の波の言動は白狐に対してだけではなく、他の稲荷に対しても同じだ。

そのため、母親の玉響がいない間の保護者代わりをしている影燈《かげとも》はいろいろとひやひやしている様子だが、他の稲荷たちも秋の波の愛らしさにすべてを許している。

「そういえば、今度、玉響殿とともに琥珀殿のところに遊びに行くそうでおじゃるな」

白狐が問うと、秋の波は嬉しそうに頷いた。

「うん！　つきくさどのも、はるちゃんのちからをあずかりにいくから、そのひにあわせてあそびにいくんだ。きゃらどのも、いろいろりょうりつくってまってるって」

秋の波の言葉に白狐はため息をついた。

「びゃっこさま、どうかしたのか？」

突然のため息に、秋の波は心配そうに白狐の顔を見る。

「いやなんでもないでおじゃる」

「なんでもないのに、なんでためいき？」

子供らしい「なんでなんでどうして」攻撃も、秋の波には標準装備されていた。

「琥珀殿のところに遊びに行くと聞いて、うらやましくなっただけでおじゃる」

白狐が理由を話すと、

「じゃあ、びゃっこさまもいっしょにいこうよ！」

秋の波は即座に誘ってくる。

「行きたいのはやまやまでおじゃるが……」

言葉を濁す白狐に、

「しごと、いそがしいのか？」

激務を心配して秋の波は問う。

「いや、それはなんとかなりそうでおじゃるが……我まで行っては、琥珀殿に迷惑もかかるでおじゃるからな」

シュン…といった様子の白狐に、秋の波は首を傾げた。

「こはくが、めいわくっていったのか？」

「いやいや、そうではないでおじゃる。琥珀殿のところに行くということは、つまるところ涼聖殿のところに行くということでおじゃるからな。我たちが押しかけては、琥珀殿が涼聖殿に気兼ねするでおじゃる」

細枝から言われたことを、そのまま伝えると、秋の波は頭を横に振った。

「そんなことないって！　こはくも、りょうせいどのも、いいっていうって！　びゃっこさまのしごとがだいじょうぶなら、こはくにちょくせつきいてみようよ！」

秋の波はそう言うと、いこ！　と白狐を伴い、とある六尾の稲荷の部屋へと向かった。

それは、人界の潜入任務についている房時《ふさとき》という稲荷の部屋だ。潜入調査では人と変わらぬ生活を送らなくてはならず、人間との交友関係のために携帯電話を所持しているのだ。

「ふさとき！　けいたいでんわかして？」

久しぶりの休みで、完全脱力な――つまりはだらしない――状態で寝転びながら、人界で買ってきたビールを飲みつつ、週刊マンガを読んでいた房時は、外からお伺いの声も立てず、元気よく入ってきた秋の波に驚いた。

いや、秋の波がいわゆるノーノックで入ってくるのは珍しいことではないので、驚くことはないのだが、秋の波の後ろにいる神物に驚いたのだ。

「びゃ……っ」

驚き過ぎて「白狐様」と言うことすらできず、条件反射で即座に正座する。

「ああ、よいよい。久方ぶりの休暇で寛いでおるのじゃから、足を崩すでおじゃる」

本殿内に部屋をもらっているので、房時も白狐の姿を見る機会はある。

任務の報告時に白狐がいることもたまにはあるのだが、白狐が部屋に訪ねてくるようなことはこれまで一度もなかった。

というか、気軽に白狐が私室を訪ねてくる稲荷は限られている。

――ちょ…なんで、白狐様が俺の部屋に……？

状況が飲み込めない房時の許に、秋の波はテテッと歩み寄り、その小さな手を房時の前に出した。

「ふさとき、けいたいでんわかして？」

二度目のセリフを口にする。

「携帯電話…え、ああ、ちょっと待って」

秋の波は房時が戻って来ているとときどきやって来て、携帯電話のゲームをさせてくれと頼みに来ることがある。

多分、今日もそれをしに来たのだろう。

なぜ白狐が一緒なのかは分からないが、秋の波が白狐と仲がいいのは知っているのでなんとなく流れで一緒なのだろうと理解して、房時は携帯電話を取り出し、秋の波に渡した。

秋の波は携帯電話を受け取ると、

「でんわかけてもいい？」

と聞いてきた。

「いたずら電話とかするんじゃないならな」

「しないって！　じゃあ、かりるね」

秋の波は言うと、慣れた様子で電話番号を入力し始める。

「このじかんなら、おひるやすみでいるはずなんだよなー」

秋の波は番号を入れてから、耳に携帯電話を押し当てる。そしてややしてから、

「あ、こはく？　おれ！　あきのは！」

元気よく名乗り、房時は秋の波が口に出した名前に驚いた。

「ちょ…、琥珀殿？」

琥珀は本宮でも密かにファンクラブが結成されている稲荷だ。

何を隠そう房時も会員の一人だったりする。

もっともファンクラブといっても会合を行うわけではなく、それぞれが心の中で会員を自負しているだけのものではあるのだが。

房時は見習い稲荷として本宮に上がりたての頃に、招かれてきた琥珀を見て心を射貫かれたのだ。

先日、久しぶりに琥珀がやって来た時は、潜入調査の真っ最中で本宮に戻れず、非常に悔しい思いをした。

その琥珀と秋の波は、目の前で元気に話し始めた。

「あのさ、こんど、そっちへあそびにいくだろ？　そのときにびゃっこさまもいっしょにいったらダメ？　……うん！　おしごと、じかんとれそうなんだって！　りょうせいどのに、いっしょにいってもいいかどうかきいて……、あ、はるちゃんのこえがする。はるちゃんにかわって！

……あ、はるちゃん、げんき？」

どうやら電話の相手が代わったらしく、にこにこ笑顔で秋の波はしゃべり続ける。そして少しして電話の相手がまた代わった。

「りょうせいどの、ひさしぶり！　……うん、びゃっこさまもいっしょにいきたいけど、ダメ？……あ、そっかー。じゃあ、きゃらどのにきいてもらっていい？　…うん。へんじまってる。じゃあね！　おしごとがんばって」

最後に労いの言葉を口にして、電話を終えると、秋の波は白狐に視線を向けた。

「えっとね、こはくは、りょうせいどのにきいてみて、りょうせいどのがおっけーだったらって。それでりょうせいどのはおっけーだけど、りょうりのじゅんびとかをするのがきゃらどのだから、にんずうがふえても、へいきかどうかかくにんして、こはくからへんじくれるって」

秋の波の説明に白狐は目を細め頷く。

「そうかそうか……。では待つでおじゃる」

「うん。あ、ふさとき、でんわありがとう」

秋の波は礼を言って携帯電話を房時に返すと、白狐と一緒に部屋を出て行こうとする。

その秋の波を房時は急いで呼びとめた。

「秋の波、ちょっと待って！」

「なに？」

秋の波はキョトンとした顔で振り返る。

「琥珀殿と会うのか？」

「うん」

「……じゃあ、その時、琥珀殿の写真撮って来てくれないか……」

琥珀ファンクラブ会員として、勇気を振りしぼり、頼んでみる。その房時の願いを秋の波は快諾した。

「わかったー。じゃあ、だれかにとってもらって、ふさときのけいたいでんわにてんそうする。それでいい？」

秋の波の言葉に房時はものすごい勢いで頭を縦に振った。

その房時の様子に「甘酸っぱいでおじゃるなぁ」と白狐は微笑んだのだった。

◇◆◇

その夜、いつも通りに帰宅した琥珀と涼聖、そして陽を出迎えた伽羅は、夕食の席で涼聖から衝撃の言葉を聞かされた。

「伽羅、今度、秋の波ちゃんたちが来る時、白狐さんも一緒に来るってなると、おまえの準備が大変になるか？」

「……え？」

――なんだろう、このデジャブ感…。

つい最近、白狐の訪問について聞かれた気がする。

記憶が確かなら、昨日だ。

だが、細枝から今朝、白狐様に諦めてもらうように話し承諾を受けたと聞いた気がする。

——俺、寝ぼけてましたかねー？

寝ぼけてなどいなかったことは分かっているが、やや現実逃避ぎみに思う。

「今日、診療所に秋の波殿から電話があって、どうかと打診されたのだ」

琥珀が説明を添え、伽羅は胸のうちでため息をついた。

——そっちのルートから来ましたか……。

陽と同じくらいに無邪気爆弾の秋の波である。

他意なく、白狐も誘ったのだろう。

「おまえの負担がデカいなら、断ろうと思うけど」

伽羅の表情から微妙な気配を察して、涼聖は言う。

「そうですねぇ……」

どうしたものかと考える伽羅に、

「きゃらさん、ダメ？」

パジャマに着替えて、伽羅の絵本待ちだった陽が、小首を傾げて聞いてくる。

そして伽羅は、ここでダメだと言えるほど心が強くなかった。

というか陽に対しては常に連敗である。

「ぜーんぜん！　ぜーんぜんダメじゃないですよ！　涼聖殿のおうちですから、涼聖殿さえよけ

れば俺はかまわないですよー。人数は多いほうが楽しくていいですしね！」

伽羅の返事に陽は、やったー、と両手を上げて喜び、陽の肩にいたシロも手を叩いて喜ぶ。

「伽羅殿、本当にいいのか？」

琥珀が心配して言うが、伽羅は頷いた。

「大丈夫です。ただ、白狐様には無礼講になるってお伝えしていただけたら」

「では、あとでそのように返事をしておく」

琥珀が言ったあと、陽は伽羅の服の袖口をつんつんと引っ張った。

「きゃらさん、あのね」

「なんですかー？」

「まえに、ほんぐうからあそびにきた、ふたごのきつねさんいるでしょう？　ふたごのきつねさんもさそっていい？　あとね、しょうけいのおじいちゃんも、おそとのさんぽにいけるくらいげんきになったんだって。だからきてもらっちゃダメ？」

無邪気なおねだりが重ねられる。

双子の狐というのは、本宮に陽を連れて行くのをいろいろと先延ばしにしていた頃、白狐が「色よい返事をもらうまで戻るな」と命じて送って来た使いの狐である。

その時に散々遊んでもらって、陽のなかでは「遊んでくれるお兄ちゃんたち」という認識のようだ。

そして『しょうけいのおじいちゃん』というのは、陽の血筋である「祥慶《しようけい》」という稲荷の現当主である。

老齢に心労が加わって長らく床に臥していたが、陽という後継ぎができたことや、陽の近況を知らせるために頻繁に連絡をしたり、陽からの手紙を送ったりしているうちに、生きる気力が湧いてきたらしく、元気を取り戻しつつあった。

「陽、あまり我儘《わがまま》をいうな。家が客で溢れてしまうし、伽羅殿の準備がますます大変になるであろう」

琥珀が窘《たしな》めるように言うが、

「だって……にんずうがおおいほうがたのしいって、きゃらさんが…」

先ほどの伽羅の言葉をそのまま受け取った陽は、少し悲しそうな顔で言う。

――言いました！　確かに俺、言いましたね！

いわゆる「大人の気遣い」での言葉だが、子供にしてみれば「じゃあ、もっといっぱいお客さを呼んじゃおう！」になるのは無理もない。

「そうですねー、いい機会ですから、来られそうな方には来てもらいましょうか！　橡《つるばみ》殿と淡《あわ》雪《ゆき》ちゃんも呼びましょう！　あと、本宮で陽ちゃんがおともだちになった仔狐さんたちも都合がつけば！」

毒を食らわば皿まで。

伽羅は陽気に――ヤケとも言う――提案し、陽とシロは盛大に喜んだが、琥珀と涼聖は伽羅の胸のうちを読みとって「手伝えることがあったら手伝おう」と心に決めたのだった。

2

その日、早朝から秋の波はソワソワしっぱなしだった。

「秋の波、楽しみなのは分かるがじっとしてろ」

室内で落ち着きなく何度も時計を見ては、「まだごふんしかたってない」「まだいっぷん?」と呟く秋の波に、影燈が声をかける。

「だってさー、かげとももいっしょにいけるっておもってなかったし、それにあさなぎとゆうなぎは、きのうからいってるんだぜー? いいなー」

秋の波が唇を尖らせて言う。

朝凪《あさなぎ》と夕凪《ゆうなぎ》というのは、双子の年若い稲荷で、今は見習い稲荷の監督をする役目をいただいている。

以前、白狐の使いで香坂家に行ったことがあり、その際に陽に懐かれたらしい。

詳しい経緯は知らないが、「人数は多いほうが楽しい」ということになり、いろいろと招かれた者がいるようだ。

朝凪《あさなぎ》と夕凪《ゆうなぎ》もその流れで招かれ、影燈も本来は一緒に行く予定ではなかったのだが、秋の波が「かげとももいっしょにいってていい?」と了解を取りつけ、一緒に行くことになった。

「朝凪殿と夕凪殿は手伝いがあるから行ったんだろ?」

朝凪と夕凪は、一人ではさすがに準備が大変だからと伽羅が手伝い要員として呼び出し、昨日から現地で準備をしている。

「そうだけどさー、おれもはやくいきたいのに。ははさまもおそいし」

「遅くない。出発時間まで、まだ二時間もあるだろうが。そんなに暇なら散歩に行って誰かに遊んでもらって来い」

影燈はそう言って秋の波を送りだす。

部屋にじっといるから時間が過ぎるのを遅く感じるのだと理解した秋の波は助言通りに部屋の外を出て本殿内の散歩を始めた。

「秋の波殿、もう出立の準備ができているのか」

廊下に出て最初に顔を合わせたのは、かつて秋の波を指導していた賢木《さかき》という稲荷だ。

「あ、さかきどの!」

「琥珀殿に会いに行くのだろう？　よろしく伝えてくれぬか？」

「わかった！　さかきどのがよろしくっていってたって、つたえる」

元気に答える秋の波の頭を賢木は撫《な》でる。

何の因果か野狐《やこ》になどなってしまった弟子を不憫《ふびん》に思う気持ちはあるが、元気に「今」を楽しんでいる姿を見ると、不憫に思うのが失礼かと思えるほどだ。

「頼んだぞ」

賢木はそう言うと、仕事のために秋の波と別れた。

秋の波は、再びポテポテと本殿内を歩き回り始めた。

その時、入口のほうから一人の稲荷が世話係の若緑《わかみどり》に案内されて歩いてくるのが見えた。見覚えのある顔に秋の波がじっとその稲荷を見ていると、

「もしかして、秋の波殿か？」

稲荷が声をかけてきた。その声に秋の波の中で記憶が繋がる。

「あ！　まさご！」

「そうだ、私だ」

真砂《まさご》はそう言うと廊下に膝をつき、両手を広げる。秋の波はほぼ条件反射で走り寄って真砂に抱きついた。

「わぁ！　すっげーひさしぶり！　げんきにしてたか？」

真砂は秋の波や影燈と同期の稲荷だ。商家に勧請され、それ以来ずっとその家を守っている。

「ああ、元気だ。そなたも元気そうでよかった。この前、本宮に戻った時は、まだ赤子だったからな。あの時はそれがおまえだったとは気づかなかったが、あとでおまえの身の上に起きたことを聞いた。……頑張ったな」

同期の中でも一番快活だった秋の波が野狐化になったなど、信じられなかった。

それほど過酷な状況に追いやられたのだろうと思うと、真砂は胸が痛んだ。

「うん、がんばった！」

えへへー、と誇らしげに笑う秋の波は、姿は幼いのに昔通りで、真砂は大事な同期を失わずに

すんだことを素直に喜ぶ。

「まさご、きょうはどうしたんだ?」

「この前本宮に来た時に、勧請先の末の姫様の縁談を願いに来ていたのだが、それがまとまって無事嫁がれたのでな。その礼と報告に上がった」

「そうなのか、よかったな。おめでとう」

「ありがとう」

「じゃあ、ほうこくおわったら、ひまになる?」

「暇というわけじゃないが、いかがした?」

「きょう、こはくのところにあそびにいくんだけど、まさごもいっしょにどうかとおもって」

秋の波の出した名前に、真砂の顔が綻ぶ。世話係の若緑も、以前琥珀が来た際に会った姿を思いだした。

「琥珀殿のところに?」

真砂はファンクラブに入っているわけではないが、密かに琥珀に憧れていた。

というか、琥珀に憧れない稲荷はあまりいないだろうと思う。

「にんずうはおおいほうがたのしいっていってたから、ひとりふえたってたいしてきにしないとおもうし、こはくもよろこぶとおもう」

その誘いの言葉はとても魅力的だった。何もなければ「よろこんで!」と答えていただろうが、

「それが、勧請先の当主が病でな。できるだけ、ついていてやりたい」

真砂の言い回しからは、当主の病が死につながるものだと察せられる。

自分がそばにいて、できるだけ安らかな時を過ごせるようにしてやりたいのだという想いが伝わってきた。

「そっかー。ざんねんだけど、いそいでかえらなきゃな。あ、でも、もしてがみをかくじかんがあったら、こはくにわたすから、かいて?」

「そうだな、そうしてもらおうか。……書いて、小君殿に渡しておくから頼む」

真砂の言葉に秋の波は頷いて、若緑を見た。

「じゅうじにしゅったつだから、それまでにかげとものへやへもってきて」

秋の波が言うと、若緑は「かしこまりました」と頷く。

「じゃあな、まさご！　またこんどゆっくり！」

「ああ、また今度」

『次』の約束をできる幸せを感じながら、真砂は秋の波と別れ、報告のために若緑と本殿の奥へと向かって行った。


一通り本殿内を歩き回った秋の波が影燈の部屋に戻って来ると、部屋には本宮の敷地内にある仔狐の養育所の責任者である真赭《まそほ》が来ていた。

「あ、まそほどの」

「おはようございます、秋の波殿」

真緒は微笑んでお辞儀をする。

それに秋の波も「おはようございます」とぺこりと頭を下げたあと、

「きょう、こはくのとこいっしょにいけないんだってなー。ざんねん」

すこしつまらなそうに言う。

養育所の仔狐や真緒も、都合が合えばどうかと打診はあったのだが、仔狐たち全員を連れていくことは常識的に考えて無理だし、誰かを選抜するというのも、選ばれなかった子狐たちの心情を思うと難しい。

そのため、今回は断念させたのだ。

「そうですね。でも、いずれまた機会はあると思いますから。その代わり、仔狐たちから陽殿に手紙を預かって来たので、渡していただこうと思ってお持ちしたんですよ」

「秋の波、おまえのリュックに入れてあるから、忘れずに陽殿に渡せよ」

既に預かっているらしく、影燈が言う。

「わかった。かならずわたすから、あんしんして」

「では、お願いします。楽しんでいらしてください」

そう言って真緒が下がるのと入れ違いに、別宮の仕事を終えた玉響がやってきて、若緑も真砂から預かった琥珀への文を持ってやってきた。

そして最後に、出立時間ギリギリに白狐がやってきて、一行は人界へと向かったのだった。

◇◆◇

その頃人界の香坂家の裏庭では、伽羅が慌ただしくもてなしの準備をしていた。

「朝凪、バーベキュー用の炭はもう熾《おこ》ってますか？」

「はい！　いつおいでになっても大丈夫です！」

「夕凪、前菜の準備は？」

「今、人数分の盛り付けが終わりました」

昨日、呼び寄せられた朝凪と夕凪は、会場となる裏庭の設営や料理の下ごしらえなど、伽羅の手足となって働いていた。

物覚えがいい二人は、ちょっとしたバーベキューなら開催できるスキルをすでに身につけた様子だ。

「伽羅、玉子焼き持ってきたぞ」

そこへ涼聖と琥珀、そして陽が中皿に盛った大量の玉子焼きを持ってきた。

「ありがとうございます。適当に間隔を置いて並べてください」

伽羅の指示で、裏庭に置かれた野外用テーブルの上に料理が並べられる。

今回は人数が多いのでビュッフェ方式で、そのテーブル以外に、全員が座って食べられるようにテーブルがセットされている。

「あとは客を待つだけだな」

完璧に準備を整えた伽羅に涼聖が声をかけると、

「お客様が到着してからが、また戦場なんですよー」

と、これからピザを焼き続けることになる伽羅が苦笑しながら言う。

その時、裏庭に設けた「場」に反応があった。

視線を向けるとキラキラとした粒子が場に湧き起こり——到着したのは月草と狛犬《こまいぬ》兄弟だった。

「つきくささま！」

やって来た月草に、陽が駆け寄る。

「陽殿！」

駆け寄って来た陽を両手を広げて受け止め、抱き上げる。

「今日もほんに愛らしくておいでじゃなぁ……」

「つきくささまも、げんきそう。それから、あにじゃさんとおとうときみさんも、ようこそいらっしゃいませ」

月草に抱きあげられた状態で、陽が阿雅多《あがた》と淨吽《じょううん》に挨拶する。

「よう、坊主」

「おまねき、ありがとうございます」

二人はそう挨拶すると、早速手伝いのために伽羅の許に向かう。

「月草殿、ようこそお越しくださった。玉響殿とお会いになるだけのはずが、大人数での会食となってしまい、申し訳ない」

本来は月草と玉響の女子会の場としてこの家を貸すだけだったはずが、いつの間にか規模が大きくなってしまったことを琥珀は詫びる。

だが、月草は楽しげに微笑んだ。

「何をおっしゃる。本宮の方々だけでなく、陽殿のお身内や、橡殿たちもおいでになるのでしょう？　このような機会、滅多にございませぬよ」

「おじいちゃんたちがきたら、つきくささまにもしょうかいするね！」

陽が笑顔で言うのに、月草は笑顔で頷いた。

そして、次に「場」に反応があり、やって来たのは本宮の面々である。

「はるちゃーん、こはく！」

真っ先に「場」から飛び出して来たのは、やはり秋の波だ。

それを見て月草は陽を下におろす。

「あきのはちゃん！」

駆けてきた秋の波は、陽とハグをしてから二人でピョンピョン跳ね、それから琥珀を見る。

「こはく！　げんき？」

「はい。秋の波殿もお元気そうで何より」

「りょうせいどのもげんき?」

「ああ」

秋の波が琥珀と涼聖にも挨拶をした頃、

「玉響殿!」

「月草殿!」

美女二人は、久しぶりに——と言ってもふた月前に買い物に一緒に出かけているうえに、頻繁に連絡を取り合っているのだが——会った二人は、手と手を合わせて、キャッキャと小さく跳ねて、はしゃぎはじめる。

「今日は俺まで呼んでもらって……これ、土産です」

土産の荷物を手にした影燈が琥珀と涼聖に歩み寄り、言う。

「すみません、気を遣わせて」

涼聖が恐縮しつつ受け取るが、

「いやいや、気を遣うことはないでおじゃる」

軽快な足取りでやって来た白狐は、軽く挨拶を終えると伽羅の許へと向かった。

「伽羅、朝凪と夕凪は役に立っているでおじゃるか?」

「ええ、二人ともよくやってくれてますよー。覚えがいいので本当に助かります」

伽羅に褒められ、朝凪と夕凪は密かに喜ぶ。その二人に、

「いらした皆さんに飲み物をお配りしてください」

伽羅が指示を出し、朝凪と夕凪は飲み物の準備を始める。

その準備が終わる頃、山から椽が淡雪を連れて近づいてくる声が聞こえた。

「……ずいぶんとご機嫌斜めなようだな」

徐々に近づいてくる泣き声に涼聖は苦笑し、琥珀も同じく苦笑した。

ほどなくして、椽が裏庭に姿を見せ、ギャン泣き状態の淡雪にうんざりした顔をしながら、

「すまねぇ、出がけに急に泣き出した……」

とぼやく。

「はるちゃん、あれ、もしかしてつるばみどのか？」

話には聞いていたが初めて会う椽を指差し、秋の波が問う。

「うん。つるばみさん、しょうかいするね！　こはくさまのおともだちのあきのはちゃん」

陽が紹介するのに、椽は軽く膝を折り秋の波と視線を近づける。

「話は聞いてる。俺は椽、山向こうの領地を治めてる烏天狗《からすてんぐ》だ。これは弟の淡雪」

「よろしく、つるばみどの。あわゆきちゃんは、まっしろなんだな。びゃっこさまみたいだ。あわゆきちゃん、よろしく。おれはあきのは！」

にこにこ笑顔で自己紹介をしてくる見慣れない顔に、淡雪は気を取られたのか、泣き声が少し小さくなる。

そこに琥珀と涼聖が近づいてきた。

「椽殿、よく来てくれた」

「急に誘って悪かったな。仕事は大丈夫か？」

二人の言葉に橡は立ち上がる。

「ああ、丁度一段落したとこだったからな」

「もし、眠たくなったら客間で寝てくれ」

「ああ、眠くなったらそうさせてもらう」

橡が言ったところへ、月草と玉響が連れ立ってやってきた。

「あ…月草殿、どうも」

月草と面識のある橡は軽く会釈をするが、隣の、月草と種類は違うが同じレベルの美女には全く見覚えがなかった。

「つるばみどの、しょうかいするね。おれのははさまのたまゆら」

秋の波が紹介すると、玉響は微笑み会釈をする。

「初めまして、玉響と申します」

「あー……お噂はかねがね。初めまして、橡です。それから、弟の淡雪」

「どのような噂を聞いていらっしゃるか分かりませぬが」

玉響はそう言って月草を見、視線を交わして微笑みあったあと、

「愛らしい弟御でいらっしゃいますなぁ。抱かせていただいてもかまいませぬか？」

橡に聞く。

「ちょっと機嫌悪いんで、ぐずるかもしれないですけど……いつもそうなんで、気にしないでく

ださい」

橡はそう言うと、機嫌の悪さを引きずって涙目でまだぐずぐずと言っている淡雪を、玉響に渡そうとする。それに合わせて玉響がそっと淡雪のほうへと手を伸ばすと、淡雪はやや戸惑いながらも玉響のほうへと手を伸ばし、そのまま大人しく抱っこされた。

「おお、よい子じゃなぁ……」

「愛らしい御子でしょう？」

月草も淡雪の顔を覗き込みながら言う。

「ほんになぁ……。秋の波の幼い頃を思い出しまする」

抱っこされた淡雪は、最初こそ自分の収まるポジションを決めるのにごそごそしていたが、玉響がうまく誘導しすぐにいい位置に収まると、ふにゃっと笑った。

「よい笑顔じゃ」

「そうでございますな」

陽や秋の波と会った時点でちっちゃい子愛でモードに入っていた二人は、いかんなくそれを発揮させる。

「淡雪ちゃんがこんなにすぐに泣きやむなんてな」

涼聖が感心したように言うと、玉響は、

「赤子を抱くのは、秋の波で慣れておりまするからなあ。年の功でございまする」

そう言って微笑んだが、

——絶対違うと思う……。


涼聖、琥珀、橡の三人は胸のうちで思った。

そこに、一通りの準備を終えた伽羅がやって来た。

「そろそろ始めようかと思うんですけど、いいですかー？　陽ちゃんのおじいちゃんたちは、もしかしたらちょっと遅れるかもっておっしゃってたんで」

「そうだな。じゃあ、陽、風呂場にいる龍神《りゅうじん》と、それからシロを呼んで来てくれるか？」

涼聖が陽に声をかける。

龍神は今日一日、金魚鉢の外にいるべくここ数日ずっと、全員が風呂を終えてから、風呂に水を張り直し、そこで一日過ごして力を溜めていた。

シロは昨夜、今日のことが楽しみすぎて眠れず、みんなが朝食を取っている時にようやく眠気がやって来て、みんなが集まるまで眠っている、と言って寝ているのだ。

「うん、わかった。あきのはちゃん、いっしょにいこ！」

陽が秋の波をさそって二人を呼びに行く。

それを見送ってから、他のメンバーは思い思いのテーブルへと分かれて座した。

そこへ阿雅多と浄吽、朝凪と夕凪が前菜と飲み物を運んでいる時、場に反応があった。

やって来たのは、着物に丹前を纏《まと》った白髪の痩せた老人と、二頭の狐だ。

彼は祥慶の長《おさ》——つまり陽の遠縁の稲荷である。

「長殿、ようこそお越しくださった」

琥珀が近づき出迎える。

「このような場に迎えていただけるほどの身ではございませんが、恥ずかしながら参上させていただきました」

以前の騒動のことがあるため、長は恐縮しきりのモードで深々と頭を下げる。

「どうぞ、以前のことはもう……」

琥珀が言った時、

「お久しぶりです」

涼聖が二人のやりとりに割って入るように挨拶をする。

「おお…、香坂殿。お久しぶりでございます」

「元気を取り戻されたと聞いてはいましたが、顔色も肌艶も、この前とは段違いですね。安心しました」

杖をついてはいるが、健康状態としては問題なさそうだ。

「おかげさまで……」

「すぐに陽も来ますから、どうぞ空いているところに」

涼聖が促すと、丁度そばに来ていた夕凪がどうぞこちらへ、と案内していく。

「涼聖殿、助かった」

琥珀がそっと言う。

涼聖が割って入ったのは、あのまま謝罪が繰り返されるのを避けるためだということを琥珀は理解していた。

「めでたい席だ。楽しんでもらわないとな」

二人の視線の先では祥慶の長が、ゆっくりとした足取りで案内される席へと近づいて行く。

その途中、月草の許で足を止めた。

陽の誘拐未遂の際、月草も被害を被った。あの時の謝罪をしようとしているのだろう。

——あ……。

さっきはさりげなく割って入れたが、この位置から駆けつけるのは不自然だ。

謝罪をすることも、それを受けることも悪いとは思わない。

むしろ、必要なことだと思う。

しかし、今日、祥慶の長を呼んだのは謝罪をさせるためではないのだ。

どうしようかと悩んでいると、

「あ、おじいちゃーーーん！」

龍神とシロを迎えに行った陽が戻って来て、長の姿を見つけ、駆け寄って行く。

その声に月草と長の二人の視線は陽へと向いた。

二人の許に到着した陽の身ぶりや表情から、陽が月草に長の紹介をしているのが分かる。そして紹介が終わると、夕凪に代わって陽が長を席に案内した。

「じゃあ、全員お集まりのようですので、始めたいと思いまーす。みなさま、お飲み物を手にとってくださいねー」

ピザ釜の前から伽羅が声をかける。

そのまま伽羅が音頭を取って、乾杯になるのかと思ったが、

「では、乾杯の音頭は涼聖殿にお願いしまーす」

突如として涼聖に振ってきた。

「え、俺？　適任者は他にいるだろ？」

「こっちの業界から誰出すってなると、無礼講なのに序列で揉めるじゃないですかー。涼聖殿、唯一の人間で他に比べる相手がいないんで適任なんですよー」

という伽羅の説明に、涼聖は苦笑しながらも納得した。

「あー、じゃあ……僭越《せんえつ》ながら俺が」

「短めにな」

焼けてくるピザの匂いにソワソワしている龍神が言う。

「と言う声があるので、短めに。今日は無礼講ということなので、どうぞみなさん、普段の立場は忘れて存分に楽しんでください。では、乾杯」

涼聖は言って、手にした紙コップを掲げる。

それに続いて「かんぱーい」と唱和があり、宴が始まった。


順次焼き上がるピザはどんどん消費され、新作のパエリアも大好評だ。

「たまごやき、どっかにのこってないー?」

自分のテーブルの玉子焼きを食べきってしまった秋の波が、残った玉子焼きを求めて他のテーブルを巡り始める。

「こちらにございますぞ」

声をかけたのは祥慶の長だ。

「たべていいー?」

即座に反応して秋の波は走って行く。

「このトッピング……初めてだな」

今日もピザを切る役目を買って出た龍神は、ビュッフェテーブルのすぐそば、ピザ釜に近い場所にテーブルを寄せてきて、そこで食事を楽しみつつ、ピザが焼き上がってくるたびにその腕をふるっている。

そのテーブルには白狐も座しており、

「おお……、カニとエビのクリームか」

焼き上がったピザに目を輝かせる。

「この前、カニクリームコロッケとエビクリームコロッケを作ってて、何でこれピザでやったことないんだろって思ったんですよねー。あと、最後にこれをちょちょっとふりかけて……」

伽羅が手にした黒い粉をふりかける。

「む、この匂い……」

「トリュフでおじゃるな！」

「せっかくなんで、張りこみました」

自慢げに伽羅は言い、すぐに龍神がカットに入る。

そこから少し離れた席では、昨日から手伝っていた朝凪と夕凪、そして到着してから二人を手伝っていた阿雅多が落ち着いて食事をしている。

浄吽は写真係として忙しくしているが、あとで阿雅多と代わる様子だ。

淡雪は月草と玉響に代わる代わる膝の上に抱かれ、伽羅が準備した離乳食を嬉しそうに食べている。そのテーブルは陽とシロ、そして秋の波のベースキャンプ状態で、そこをベースにあちらこちらに顔を出しては、お勧めの料理を取って来て渡している。

橡は、淡雪を月草と玉響が喜んで世話を見てくれていることもあり、ゆっくりと食事をしているが、そこに同席しているのは影燈だ。

現在進行形で育児中の二人は何やら意気投合しているらしく、楽しげに話していた。

「楽しんでくださってますか？」

琥珀が、周囲の様子を目を細めて見つめている祥慶の長に声をかける。

「はい。このような晴れがましい場に呼んでいただけるとは、まことに……」

「陽が、長殿がお元気になられたと聞いて、是非にと」

長は視線の先に陽を捉えると、感慨深げに頷く。

「……都合のいい願いばかりを申し上げ、ご迷惑をおかけしたというのに、日々の成長を伝えてもらい、感謝してもしたりませぬ」

そこまで言ったあと、長はもう言葉を紡げなくなった。

長の両脇のイスに座していたお供の狐が気遣わしげな視線を長に向ける。

そこへ、

「おじいちゃん、あたらしいおりょうりとってきたよ！」

手にした皿にいろいろな料理を盛った陽と秋の波、そして白狐がやってきた。

「長殿、食べておじゃるか？　このコーンライスとかいうのは甘くておいしいでおじゃるぞ」

白狐は言うと、空いているイスに飛び乗り座る。

陽と秋の波は、料理をテーブルに置くと、また料理を取りに走って行く。

「子供はよいでおじゃるなぁ……」

白狐はそう言って目を細め、琥珀と長も頷いた。


宴はまったりと和やかに続き、伽羅のワッフルとチョコレートフォンデュ、そして涼聖のホットケーキなどがおやつタイムにふるまわれた。

シロはまた例によって、

「この、チョコレートのなかをおよいでみたいしょうどうにかられます」

と言っていたが、

「べとべとするから、やめたほうがいいよ」

と陽に忠告されて断念したものの、

「もしおれがしろちゃんだったら、かためにあわだてたなまくりーむのうえに、ねころんでみたいなぁ」

と呟いた秋の波の言葉に反応し「とてもきもちがよさそうです」と、チョコレートのなかを泳ぐのと大差ない結果を生みそうな提案にうっとりしていた。

そして夕方。

「まったく今日は楽しいでおじゃるなぁ……。夜の食事も楽しみでおじゃる」

夕食の仕込みまで縁側に座し、しばし休憩をしている伽羅の隣に横寝の姿勢でくつろいだ白狐が満足げに言う。

「よるのしょくじって、びゃっこさま、ゆうがたまでにはかえるようにってそっきんどのがいってなかったか?」

白狐とは反対側の伽羅の隣に座していた秋の波が言う。

「え、そうなんですか?」

伽羅が眉根を寄せて白狐を見る。

だが白狐は、

「よいのでおじゃる。本宮には黒曜がおるゆえ、帰らずとも大丈夫なのじゃ」

と、残留を決め込むようなことを言った。

しかし、

「ちょ……！　ダメですよ！　ちゃんと帰らないと‼」

伽羅は焦って言った。

「何をそのように必死になっておるのでおじゃるか。今は我がおらねばならぬ案件も起きておらぬし……」

「ダメですって！　側近殿が黙っているわけないでしょう？　絶対乗り込んできますって！」

伽羅が必死な理由はそれだ。

乗り込んでくるのが側近だけならいい。

だが、チーム側近は絶対にそれだけですませるはずがない。

そう思った時、「場」が反応した。

光る粒子が巻き起り、ふわりと広がり霧散する。

「……っ！」

伽羅は息をのんだ。

粒子が消えた「場」には、白狐の側近である細枝と、そして黒曜が立っていたのだ。

「白狐様……夕刻にはお戻りになるようにと言いましたよね？」

こめかみの血管を浮かせながら、細枝はにっこり笑顔で言いながら白狐に歩み寄る。

三十分前のことである。

本宮で側近たちは白狐の帰りを待っていたが戻る気配は欠片もなかった。

「どうせ、『黒曜がいるから帰らずともよいのでおじゃる』とか言ってますよ」

「うわー、悲しいくらい想像しやすい」

「迎えに行きますか……」

とはいえ、ただ迎えに行ったのでは、

『黒曜がいるのだからよいではないか！』

と素直に帰ってくるわけがない。

それを言わせないために取った策が、黒曜を連れて迎えに行く、というものだ。

黒曜は出かけるつもりがなかったため、面倒だ、と乗り気ではなかったが「白狐様を甘やかしてはなりません！」という側近の剣幕に押される形でやって来た次第である。

「あ、ししょうさんだ！」

師匠である黒曜の登場に戦慄を覚えている伽羅の耳に、無邪気な陽の声が聞こえた。

「ししょうさん、おしさしぶりです！」

陽が駆けより、挨拶をする。

——これ、一番避けたかったパターンじゃないですか！

そう、伽羅は恐れていた。

黒曜を連れて側近が乗り込んでくるのを。

そして、黒曜を見た陽が絶対に放つであろう無邪気な爆弾、

「ししょうさん、パーティーにきてくれたの？　もうすぐきゃらさんが、よるごはんつくってく

れるんだよ！　いっしょにたべよ！」

を繰り出すのを。

――あああああああ！　言っちゃった！　言っちゃった！

伽羅は胸のうちで絶叫した。

「ほらほら白狐様帰りますよ」

細枝は縁側の白狐を正面からがっしりと摑んで抱き上げた。

「待て、待つでおじゃる。帰るならあとで食べようと思っていたベーコンとカルビのドリアを……」

「黒曜殿にお持ち帰りしてもらいますから！　ほら、帰りますよ。皆様、今日はどうもありがとうございました。お仕事があるので白狐様には本宮に戻っていただきます。代わりに黒曜殿がインされますので、よろしくお願いします！」

細枝はそう言うと前脚と後ろ脚、そして九尾をバタバタさせてもがく白狐をガッツリとホールドしたまま「場」に立つ。

次に「場」に立ったら自動発動されるように術を仕込んであった場は、再び光る粒子を巻き散らし、それが消えた時には誰の姿もなかった。

「びゃっこさま、かえっちゃったね」

「びゃっこさま、いそがしいからなー。けど、そのかわり、こくようどのがきてくれたし」

「うん！　しょうさん！　ボクのおじいちゃん、しょうかいするね！」

無邪気爆弾の陽と秋の波は黒曜の手を引き、長のところへ向かう。

知らずのうちに緊張の極みにいた伽羅は黒曜が離れたことで、一気に脱力し、ため息をつく。

「伽羅、大丈夫か？」

その様子を見ていた涼聖が声をかける。

「……大丈夫です、けど大丈夫じゃありません…」

「どっちだよ」

「琥珀殿の膝枕で五分だけ寝かせてもらえたら復活します……」

「却下に決まってんだろ」

却下と分かって言ってくる伽羅に笑いながら返した涼聖は、

「とりあえずおまえ、もう少し座って休んどけ。まだみんな腹いっぱいだ」

「そうですねー…。でも、師匠に残り物だけ食べてもらうわけにもいかないんで、新しいピザ焼いてきます」

伽羅はそう言うとピザ釜へと近づいて行く。

苦手な師匠ではあるが、嫌いではないのだ。

尊敬もしているし、慕ってもいる。

だが、それゆえに緊張をする相手というところだろう。

「あれが伽羅殿のよいところだな」

琥珀が近づいて来て言うのに、涼聖は頷いた。

「あとで、本人に言ってやれ。おまえに褒めてもらったらドーピングレベルで元気になるから、あいつ」

涼聖の言葉に、琥珀は苦笑した。


夜の宴は八時前に一応お開きになった。

祥慶の長は、ここまで長居をするつもりではなかった様子で、しきりに恐縮していたが、楽しく過ごさせてもらった、と礼を言い、お供の狐とともに帰っていった。

「おじいちゃんかえっちゃった……」

「今度は陽から会いに行ってやればいい」

残念そうに言う陽に涼聖が声をかけると、笑顔で頷く。

「さあ、陽とシロ殿、それから秋の波殿は湯殿へ。寝る準備をせねばな」

琥珀が促すのに二人は笑顔で頷いて、家のなかへと向かって行き、「俺がついて行ってくる」と言って影燈がともに行く。

月草と玉響は縁側で今日撮影した写真を見ながら、きゃっきゃと萌え語りをしており、朝凪と夕凪、阿雅多と淨吽は片づけだ。

「俺も、そろそろ帰る。今日は世話になった」

橡が言う。

月草と玉響に散々遊んでもらい、終始ご機嫌モードでいた淡雪は、ついさっきから眠り始め、今はスリングのなかでスヤスヤと眠っている。

「いや、こっちこそ、楽しかった。また、こういうことがあったら、来てくれ」

「ああ、そうだな」

橡は涼聖と琥珀にそう返すと、ピザ釜の前にいる伽羅に近づいていき、一言二言声をかけてから、軽く地面を蹴って夜空へと翼をはためかせ、帰っていった。

そして伽羅は今さっき焼きあげたピザを持ち帰り用のボックスに入れると、龍神とともに火の残ったバーベキューコンロのそばで、残った食材をあぶりながら酒を楽しんでいる黒曜の許に向かった。

「師匠、これお土産です。こっちの箱が白狐様が言ってたドリアで、こっちは師匠に。今日一番人気だったカニとエビのクリームのピザです」

「わかった」

「今日は、来ていただいてありがとうございました」

ぺこりと頭を下げる伽羅に、黒曜は片方の唇だけを持ちあげて笑う。

「……術の研鑽《けんさん》も怠るな。……まあ、術を使う以外で人に喜ばれる腕は大したものだがな」

黒曜はそう言うと、コップに残っていた酒を飲み干した。

「龍神殿、お暇《いとま》する」

「そうか。また来るがいい。勧めたい酒がまだあるからな。白狐にもよろしく伝えてくれ」

いつの間にか酒飲み友達になっていたのか、龍神は返す。

黒曜は頷き、「場」へと向かう。その途中で足を止め、琥珀と涼聖に視線で挨拶をすると、何も言わず、帰って行った。

「みんな帰ったな……」

玉響たちと月草、そして朝凪と夕凪は今夜、泊まる。

それ以外の客が帰ると、賑やかだった分、どこか晴れやかな寂しさのようなものがあった。

宴の最中、祥慶の長は料理を取りに行くふうを装い、阿雅多に声をかけていた。

おそらく、怪我をさせたことを謝罪していたのだろう。

阿雅多は笑顔で「俺、丈夫なんで！」というようなことを言っていた様子だ。

そのあとで月草とも、少し話しているところも見えた。

近くにいた浄吽によると、

「長殿に、『陽殿のおじい様なれば、わらわの身内も同然。阿雅多は丈夫なのが取り得ゆえ、お気にしていただくことではございませぬよ』とおっしゃっていました」

とのことで、何がどうして身内も同然なのか長は分かっていない様子だったが、陽がそれだけ可愛がられているのだということを理解すると、喜んでいたらしい。

「最初はどうなることかと思ったが……たまには、このような集まりもよいな」

琥珀が言うのに涼聖は頷き、

「まあ、伽羅の犠牲があってこそだがな」

一応労う。

やがて風呂場から、陽と秋の波、そしてシロの歌うモンスーンのオープニングソングが聞こえてきて、夜の静寂に消えていったのだった。


さて、その頃の本宮では、側近に絞られたあと、しおしおと仕事をしていた白狐の許に黒曜が土産のドリアを届け、白狐の機嫌は急激に直った。

なお、黒曜は白狐に横取りされぬように、白狐の部屋を訪れる前に自分の部屋にピザを置いてから行ったらしい。

そして六尾の稲荷・房時は、

「あああああああ、琥珀殿、人界の服もよくお似合いになる……尊い…」

浄吽が持っていた月草の携帯電話から転送されてきた琥珀の写真の数々に、身悶えたのだった。

おわり

あとがき

こんにちは、今回も片付いていない部屋から元気にお送りしております、松幸《まつゆき》かほです。

いろいろ記念すべき本なのに、いつもと変わらぬこの入り……。正直どうかと思いますが、どうかしてるのは事実なので仕方ない（笑）。

何を記念すべきなのかと言えば、なんと「狐の婿取り」十冊目となりました！　一冊目が出たのは五年前、二〇一四年のちょうど今回と同じ一月十日です。区切りの本と日付が重なるなんて、偶然とはいえ素敵……♥

一冊目を出した時は、ここまで長く書かせていただくことになるなんてまったく思っていなくて、思いがけず、こうして長く書かせていただくことになり、本当に読んで下さる方々のおかげだなぁと思っております。

もちろん、長く読んでいただけているのは私だけの力ではなく、むしろ、キャラクターに姿を与えて下さっているみずかねりょう先生のお力によるところが大きいというか、ほぼすべてだと思っています。

みずかね先生のイラストあっての婿取りでございますので、これからも全力で縋っていく所存です（十冊目でも炸裂するストーカー発言・そのうちきっと訴えられると思う、私……）。

十冊目ということで、鈍感すぎる椽《つるばみ》のお尻をちょっと叩きつつ、アニバーサリー感を出した一冊にしてみました。

椽……、本当に頑張って。淡雪《あわゆき》ちゃんの強引さを見習って！　な気持ちのプチ本編と、これまでに出てきた人物をできるだけ出していこうと頑張った二編を収めております。

書くに当たって住民と神様の名簿を作ったんですけど……毎回何も考えずに適当に名前をつけて登場させた人が多くて、集落の住民、思った以上の数でした（笑）。逆に、名前がついていなかった双子狐や、側近狐には名前がつきました。適当に登場させたり、名前をつけていなかったところに、毎回行き当たりばったりなことがおわかりいただけるかと思います。

こんな行き当たりばったりの私を支えてきて下さった歴代の担当様と、携わって下さるすべての方々、そして読んでくださっている皆様に心からお礼を申し上げます。本当にありがとうございます。

これからも頑張りますので、よろしくお願いします。

二〇一八年　大掃除の気配に逃亡寸前の十一月中旬　松幸かほ

「いらっしゃいませ！
キツネナルドへようこそ！」
大人気・キツネダブル
チーズバーガーが愛されて5周年
皆さまのご愛顧に感謝して、
今だけポテト11本増量中
ジューシーなお揚げとチーズの
ハーモニーをお楽しみください♡
今度は神様、アルバイト!?

CROSS NOVELSをお買い上げいただき
ありがとうございます。
この本を読んだご意見・ご感想をお寄せください。
〒110-8625
東京都台東区東上野2-8-7　笠倉出版社
CROSS NOVELS 編集部
「松幸かほ先生」係／「みずかねりょう先生」係

CROSS NOVELS

狐の婿取り—神様玉手箱—

著者
松幸かほ

2019年1月23日　初版発行　検印廃止

発行者　笠倉伸夫
発行所　株式会社　笠倉出版社
〒110-8625　東京都台東区東上野2-8-7　笠倉ビル
[営業]TEL　0120-984-164
FAX　03-4355-1109
[編集]TEL　03-4355-1103
FAX　03-5846-3493
http://www.kasakura.co.jp/
振替口座　00130-9-75686
印刷　株式会社　光邦
装丁　磯部亜希
ISBN　978-4-7730-8964-6
Printed in Japan